KB198395

아가멤논 가문의 저주

LINN
인문고전
클래식 15

복수는 피를 부르고
운명은 피할 수 없다

아가멤논 가문의 저주

Curse of the Agamemnon family

루키우스 안나이우스 세네카 ·
아이스킬로스 지음
김성진 편역

LINN
도서출판 린

●●
프롤로그

그리스 최고 가문의 대를 이은 비극

그리스 신화에는 비극적 복수를 모티프로 한 저주받은 가문이 셋 있다. 이 세 가문은 형제 사이에서 벌어지는 처절한 복수극을 펼친다. 첫째는 아버지를 죽이고 어머니와 결혼한 오이디푸스 가문이고, 둘째는 49명의 딸이 결혼 첫날밤 아버지의 사주로 49명의 남편을 바늘로 찔러 죽인 다나오스 가문이다. 셋째는 형제가 원수처럼 지내다 피의 복수극을 펼치며, 아내가 남편을 죽이고 이어 아들이 어머니를 죽이는 그야말로 막장인 탄탈로스 가문 이야기로 세 가문 중 가장 길고 처참한 비극의 가문이다. 이 가문이야말로 고대로부터 수많은 작가에게 영감을 주었고 다양한 작품에서 다채롭게 그려지고 있다.

제우스의 피를 물려받아 태어난 탄탈로스의 형벌 이야기는 누구나 한번쯤 들어보았을 것이다. 땅속 창자인 타르타로스의 저주받은 웅덩이에 갇힌 그는 목까지 물이 차오르고, 손을 뻗으면 닿을 높이에는 사과가 열려 있다. 그런데 배가 고파 손을 뻗어 사과를 따려고 하면 가지가 위로 올라가 사과를 딸 수 없다. 또한 목이 말라 물을 마시려고 허리를 굽히면 물이 바닥으로 내려가 마실 수 없다. 이것이 바로 영겁의 형벌이다.

이 이야기는 아트레우스 일족과 그의 후손인 아가멤논, 그의 아들 오레스테스 대까지 이어지는 복수극이다. 4대에 걸쳐 벌어지는 워낙에 긴 비극이라 고전 작품에서는 작가도 다르고 이야기도 단계별로 묘사되고 있다.

그리스 비극을 다루는 책들은 어느 하나의 이야기에 중점을 두고 나머지는 주석을 달아 그 의미를 소개한 것이 대부분인데, 내용 전달에 치중하다 보면 자칫 주석을 이해하기가 번거롭고 몰입에 방해가 되는 경우가 많다. 이 책은 이를 극복하고자 여기저기 흩어진 고전의 얼개를 하나로 모아 전체를 연결시키면 어떨까 하는 생각에서 구성되었다.

예를 들어 아트레우스와 티에스테스 형제의 골육상쟁에 대해서는 루키우스 안나이우스 세네카가 쓴 《티에스테스》에서 자세하게 그려지지만 티에스테스가 아트레우스에게 복수하는 장면은 등장하지 않고 처참한 비극만이 묘사되었다. 티에스테스가 복수하는 장면은 아폴로도로스가 쓴 《비블리오테케》에서 사전적으로 등장한다. 이어서 벌어지는 다음 세대의 복수극은 그리스 3대 비극 작가인 소포클레스, 에우리피데스, 아이스킬로스의 작품에서 그려지고 있다.

이 책에서는 아트레우스 이후 등장하는 아가멤논, 클리타임네스트라, 아이기스토스, 오레스테스 등이 벌이는 복수극을 그리스 최고의 작품이라고 할 수 있는 아이스킬로스의 비극 3부작을 통해 보여 준다. 또한 독자들에게 호메로스의 《일리아드》와 오비디우스의 《변신 이야기》의 에피소드로 틈새를 잇는 하나의 완성된 퍼즐을 제공할 것이다.

●●
차례

●주요 등장 인물

탄탈로스_그리스 신화에서 가장 유명한 비극적 인물로, 그의 이야기는 인간의 오만함과 신들에 대한 배신이 어떻게 비극으로 이어지는지를 보여준다. 그는 티탄의 자손으로 신들에게 환대받는 존재였으나, 그 신들의 신뢰를 배신하는 선택을 한다.

펠롭스_탄탈로스의 아들이자 펠로폰네소스의 이름의 유래가 된 인물이다. 뛰어난 재능과 매력을 지녔지만, 이러한 특성은 그를 저주로 이끌었다. 그의 삶은 권력을 쟁취하기 위한 경쟁과 배신으로 얼룩졌으며, 이는 그리스 신화에서 인간 존재의 복잡함을 보여주는 상징으로 자리 잡고 있다.

히포다메데이아_미케네의 왕이었던 오르스테우스의 딸로, 아름다움과 지혜를 겸비한 인물로 묘사된다. 그녀의 이름은 '말의 지배자'라는 뜻을 지녔으며, 이는 강인한 성격과 자립적인 태도를 반영한다. 그녀는 펠롭스와 결혼하여 그리스 신화의 중요한 사건을 창출한다.

오이노마오스_아레스(전쟁의 신)의 아들로, 미케네 왕국의 통치자로서 권력을 유지하고자 했다. 딸 히포다메데이아를 매우 소중히 여기며, 그녀의 결혼을 두려워했다. 오이노마오스는 딸과 결혼하기를 원하는 자들에게 죽음의 경주를 제안했다. 펠롭스는 오이노마오스의 경주에 도전하여 승리를 쟁취하고 히포다메데이아와 결혼하지만 오이노마오스의 죽음은 그의 저주로 이어진다.

미르틸로스_오디세우스의 친구이자 유명한 경주에서 경쟁한 인물로 묘사된다. 필롭스는 미르틸로스를 배신하여 경주에서 이기기 위해 그를 이용하는 역할을 맡는다. 미르틸로스는 필롭스에게 경주에서 이길 수 있도록 돕지만 필롭스는 그를 배신하고 미르틸로스를 죽인다. 이 사건은 미르틸로스의 복수를 초래하고 그의 유산은 비극적으로 이어진다.

니오베_테베의 여왕이자 아르고스의 왕 아타마스의 아내로 알려져 있다. 그녀는 아들이 7명이고 딸이 7명임을 자랑스러워하며 여신 레토와 비교했다. 니오베의 자랑은 신의 분노를 샀고, 아폴로와 아르테미스는 그녀의 자녀들을 차례로 죽였다. 그녀의 이야기는 자만과 비극적인 결과를 경고하는 교훈으로 여겨지며, 고대 그리스 문학과 예술에서 자주 다뤄지는 주제이다.

티에스테스_그리스 신화에서 유명한 비극적인 인물로, 형제의 잔치에 초대받았다가 큰 재난을 겪는다. 그는 아가멤논의 아버지로, 그의 이야기는 복수와 배신 그리고 운명이라는 주제를 중심으로 전개된다. 티에스테스는 형인 아트레우스와의 갈등으로 유명하다. 아트레우스는 티에스테스의 아들을 죽이고 그의 고기를 요리해 티에스테스에게 제공하는 잔혹한 복수를 하였다. 이 사건은 티에스테스의 저주를 불러오고 그의 후손들에게 비극적인 결과를 초래한다.

아트레우스_아르고스의 왕이자 티에스테스의 형으로, 가족 간의 갈등과 복수의 상징적인 인물이다. 아트레우스는 아내를 빼앗은 티에스테스에게 복수를 갈망하고 동생의 아들을 죽여 끔찍하게 복수한다. 아트레우스의 복수는 가문에 저주를 불러오고, 후손들인 아가멤논과 메넬라오스는 비극적인 운명을 겪는다. 특히 아가멤논은 트로이 전쟁과 관련된 여러 사건에서 중요한 역할을 한다.

탄탈로스 주니어_그리스 신화에서 복잡한 가족 관계와 비극적인 운명을 상징하는 인물이다. 아버지 티에스테스의 복권을 원하며 아버지의 원수인 숙부 아트레우스를 따르다가 비극적인 죽음을 맞아 아트레우스의 복수를 위한 도구가 된다.

펠로피아_티에스테스의 딸로 태어나 아트레우스 가문의 비극적인 역사에서 중요한 역할을 맡는다. 아버지와 아트레우스 간의 갈등은 펠로피아의 삶에도 큰 영향을 미친다. 그녀는 아버지의 복수에 휘말리며 근친상간으로 복수의 대리자이자 아버지의 아들인 아이기스투스를 낳는다.

아이기스투스_아트레우스 가문과 밀접한 관련이 있는 인물로, 주로 불륜과 배신으로 알려져 있다. 그의 출생은 아트레우스 가문의 비극적인 저주와 연결되어 있다. 그의 가족은 복수와 배신의 연쇄에서 고통받았다. 그는 아가멤논의 아내 클리타임네스트라와 불륜 관계를 맺는다. 아가멤논이 트로이 전쟁에 참전해 부재했을 때에 아이기스투스와 클리타임네스트라는 관계를 이어간다.

아가멤논_아트레우스의 아들이자 아르고스의 왕이다. 트로이 전쟁에서 그리스 연합군의 총사령관으로 알려졌으며, 그의 이야기에는 복수, 배신, 비극이 얽혀 있다. 전쟁 출정 전에 아가멤논은 아르테미스의 분노를 사는데, 이는 전쟁에서의 성공을 위하여 딸 이피게니아를 제물로 바치는 결정으로 이어진다. 이 결정은 그의 가족에게 비극적인 결과를 초래한다.

클리타임네스트라_아가멤논의 아내이자 아트레우스 가문의 비극적인 이야기에서 중심적인 역할을 한다. 그녀의 이야기는 복수와 배신, 비극으로 가득 차 있다. 아가멤논이 트로이 전쟁에서 돌아오자 그를 살해하기로 결심한다. 그녀는 아이기스투스와 함께 아가멤논을 배신하고 살해하는데, 이는 복수심과 아가멤논이 전쟁에서 딸 이피게니아를 제물로 바친 것에 대한 원한에서 비롯되었다.

카산드라_트로이의 왕 프리아모스의 딸이다. 신의 저주 때문에 매우 비극적인 운명을 겪는 예언자이다. 카산드라는 아폴론 신으로부터 예언 능력을 부여받았지만 아폴론의 사랑을 거절한 대가로 신의 저주를 받는다. 전쟁이 끝난 후 그리스 군의 영웅 아가멤논에게 전리품으로 끌려온다. 클리타임네스트라와의 비극적인 관계에서 고통받는다.

오레스테스_아가멤논과 클리타임네스트라의 아들로, 복수와 비극의 상징적인 인물이다. 그의 이야기는 아트레우스 가문의 비극적인 운명과 밀접하게 연결되어 있다. 어머니 클리타임네스트라가 아이기스투스와 불륜 관계를 맺고 아가멤논을 살해한다. 오레스테스는 아버지의 복수를 위해 성장하며 운명을 받아들인다. 아버지를 죽인 어머니를 죽이고 죄책감과 고통에 시달린다.

엘렉트라_아가멤논과 클리타임네스트라의 딸로, 아버지의 복수를 위해 중요한 역할을 하는 인물이다. 엘렉트라는 오레스테스가 아버지를 죽인 클리타임네스트라와 아이기스투스를 처치하도록 촉구하며, 복수의 정당성을 강조하며 오레스테스가 복수하는 데 중요한 역할을 한다.

복수의 여신들_복수의 여신 에리니에스는 죄와 처벌, 복수를 상징한다. '복수자들' 또는 '포주여신'이라고도 불리며, 살인, 배신, 부모에 대한 범죄와 같은 중대한 죄를 저지른 자들에게 복수한다. 그들은 죄인들을 괴롭히며 심리적 고통을 안기고 죄의 대가를 치르게 한다. 오레스테스가 어머니 클리타임네스트라를 죽인 후 에리니에스는 그를 쫓아 고통을 안긴다. 이는 복수의 대가를 치르는 과정의 일환으로 인간의 도덕적 딜레마를 강조한다.

이피게네이아_아가멤논과 클리타임네스트라의 딸로, 트로이 전쟁과 관련된 비극적인 인물이다. 트로이 전쟁이 시작되기 전에 아가멤논은 아르테미스의 분노를 산다. 그는 딸 이피게네이아를 제물로 바쳐야만 전쟁을 시작할 수 있었다. 그녀는 아버지의 명령에 따라 제물로 바쳐지는 것을 받아들이지 않으려고 하지만 희생의 운명을 피할 수 없었다.

아폴론_그리스 신화에서 예술, 음악, 시, 예언, 의학, 태양과 관련이 있다. 아폴론과 오레스테스의 관계는 복수, 정의, 도덕적 선택의 주제를 탐구하는 데 중요한 요소이다. 아폴론은 오레스테스에게 필요한 조언과 지침을 제공함으로써 그가 운명과 마주할 수 있도록 돕는다. 고대 그리스 문학에서 인간 존재의 복잡성과 도덕적 딜레마를 깊이 있게 탐구하는 데 기여한다.

아테나_그리스 신화에서 지혜, 전쟁, 기술, 예술을 관장한다. 그녀는 고대 그리스에서 매우 존경받는 신으로 여겨졌다. 아테나와 오레스테스의 관계는 그리스 신화에서 복수와 정의, 인간의 도덕적 선택을 탐구하는 중요한 요소이다. 아테나는 오레스테스를 돕고 그의 복수와 갈등을 해결하기 위해 적극적으로 개입함으로써 고대 그리스 사회에서 정의의 개념을 확립하는 데 중요한 역할을 한다.

장로들_고대 그리스에서 장로들은 지혜와 경험을 바탕으로 공동체의 결정을 내리는 데 중요한 역할을 하였다. 그들은 법과 관습을 지키고 전통을 이어갔다. 희극 속의 장로들은 왕과 대화하면서 지혜를 주었으며 시를 낭송하는 변사의 역할을 도맡았다.

아가멤논

가문의 저주

Curse of the Agamemnon family

복수는 피를 부르고 운명은 피할 수 없다

1. 탄탈로스의 절규

《세네카의 티에스테스》

이 비극은 아트레우스(아르고스의 왕) 가문의 형제가 왕권을 놓고 경쟁하며 골육상쟁을 벌이는 짧은 송가로 구분된 5막의 희극이다. 1막에서 무서운 분노의 여신(퓨리)은 탄탈로스(아트레우스와 티에스테스의 할아버지)의 고통받는 유령을 아르고스로 데려와 (큰 주저에도 불구하고) 살인적인 분노로 왕실을 미치게 만든다. 이어서 탄탈로스 후손의 저주의 희생자 니오베의 비극(오비디우스 《변신 이야기》), 그리고 탄탈로스의 아들인 펠롭스와 미르틸로스(아폴로도로스의 《비블리오테케》)의 배신과 저주가 소개되며 본격적으로 2막이 시작된다.

2막에서 아트레우스는 끔찍한 복수를 위해 음모의 칼을 갈고, 3막에서 더럽고 누더기 같은 티에스테스가 자녀들과 함께 귀향하는 아트레우스의 올가미에 걸린다. 그 결과 4막에서 티에스테스의 자녀들은 아트레우스의 살육의 대상이 되어 난도질당한다. 가장 끔찍한 장면이 펼쳐진다. 5막에서 아트레우스는 티에스테스가 '끔찍한 식사'를 하는 것을 보고 기뻐하며, 궁전 문을 열어 그가 호화로운 잔치를 즐기는 모습을 볼 수 있도록 한다. 그는 점점 더 불안해지는 동생을 농락하며 그가 삼킨 음식들의 정체를 밝힌다.

세네카의 《티에스테스》는 암울하고 강력한 복수극이지만 폭력과 선정주의 이상의 것이 있다. 그것은 분노의 끔찍한 결과를 묘사하는 악에 관한 연구이다. 연극은 또한 아트레우스의 모습에서 많은 사람이 잔인함에서 얻는 즐거움을 보여준다. 그것은 신들이 인간을 돌보거나 돕지 않고, 이성과 질서가 허술하고, 권력이 끔찍하게 오용되고, 희망할 수 있는 최선은 조용한 무명의 삶인 안락함이 없는 세상에 대한 어두운 비전을 제시한다. 당시에 이 이야기는 (황제 칼리굴라와 네로의 범죄를 감안할 때) 특별한 반향을 일으켰을 것이며 이는 우리 시대에도 마찬가지이다.

또한 비극은 구제 절차로서의 복수에 대해 심각한 질문을 제기한다 (여기서 복수는 혐오스럽고 궁극적으로 불만족스러운 것으로 나타난다). 그것은 또한 여전히 명확한 관련성을 지닌 다른 주요 문제(가장 주목할 만한 것은 신에 관한 불확실성, 높은 지위에 있는 사람들의 속임수와 권력 남용, 대중의 속임수와 과단성, 폭력과 잔인함에 대한 인간의 능력, 범죄가 범죄를 낳는 방식, 복수로서의 야만적 행위의 정당화, '문명'의 중심에 있는 야만성과 광기, 세상에서 악의 승리)를 제기한다.

●

●

●

[탄탈로스]

누가 나를 지옥의 저주받은 웅덩이에서 끌어내어 내 손아귀에서 도망치는 음식을 얻기 위해 탐욕스러운 입을 벌려야 하나? 이제 내 가계(家系)에서 한 무리의 아이들이 기어나와 조상을 능가할 것이다. 그들은 나를 결백하게 보이게 할 것이다.

심연의 깊은 곳, 타르타로스의 웅덩이에서 들리는 탄탈로스의 절규이다. 그는 자신이 행한 신을 기만한 죄업으로 가문에 가해지는 저주를 두려워하고 있다. 가증스러운 범죄를 저지르는 인간들에게 피의 보복을 가하는 분노의 여신이 탄탈로스에게 저주의 말을 쏟아낸다.

[분노의 여신]

가증스러운 망령아, 당신의 불경한 집에 분노를 풀어라. 악이 악과 싸우게 하고, 칼과 칼을 다투게 하라. 분노를 억제하지 말고 회개함을 벙어리로 만들어라. 무분별한 분노에 자극받아 아버지의 증오가 계속되고 죄의 오랜 유산이 당신 후손에게 이어질 것이다. 아무것도 남기지 마라. 범죄가 영원히 새롭게 태어나게 하고, 그들의 형벌에서 각각의 죄는 하나 이상의 죄를 낳게 하라.

분노의 여신이 퍼붓는 저주 섞인 말에도 탄탈로스는 무관심했다. 그가 몸을 돌려 나가자 분노의 여신은 물었다.

[분노의 여신]

당신은 지금 어디로 가는 것이오?

탄탈로스는 자신이 벗어났던 심연의 웅덩이로 돌아가는 것이라고, 말 대신 몸으로 표현하였다. 지옥의 고통을 견딜 유일한 방법은 그곳의 고문을 받아들이는 것이었다. 분노의 여신은 탄탈로스에게 더 많은 유혈과 혼란을 일으킬 것을 요구하였다. 그러나 늙은 탄탈로스는 자신의 범죄가 초래할 일의 전면적인 타격을 깨닫기라도 한 것처럼 몸을 비틀거리며 무거운 입을 열었다.

[탄탈로스]

내가 벌을 받는 것은 옳다. 그러나 내 후손들을 극악무도한 범죄로 선동하지 마라. 신들의 아버지인 제우스, 그리고 (부끄럽게도) 내 아버지도, 나는 가혹한 처벌을 받더라도 침묵하지 않을 것이다. 나의 후손이여, 내 말을 들어라. 살인으로 너희 손을 더럽히지 말고, 신성한 제단에 피를 묻히지 마라. 나는 여기에 남아서 그런 사악함 그런 광기를 막을 것이다.

탄탈로스의 말에 분노의 여신은 격노하여 채찍을 휘둘렀다. 그녀의 머리를 에워쌌던 뱀들이 몸부림치자 탄탈로스는 소리를 질렀다.

[탄탈로스]

아! 저주스러운 매듭 뱀! 당신은 악마, 하지만 배가 고프구나. 나는 지금 타는 목마름으로 갈급하다.

저주의 웅덩이에 갇힌 탄탈로스는 과일이 탐스럽게 열린 나뭇가지를 향해 팔을 뻗었다. 그러나 그의 손이 닿기도 전에 가지는 위로 올라가버려 열매를 딸 수 없었다. 또한 타는 목마름으로 물을 마시려고 허리를 굽히면 물이 바닥으로 내려가 마실 수 없었다. 그는 영겁의 세월 동안 영

탄탈로스는 영원히 갈증과 배고픔에 시달리며, 음식을 눈앞에 두고도 닿을 수 없게 설정되어 있다. 음식은 손이 닿을 때마다 사라지고, 물은 마시려고 할 때마다 물러나버린다. 이러한 형벌은 잘못에 대한 극단적인 보복을 상징하며, 인간의 한계를 초월하려는 욕망이 가져오는 결과를 보여준다.

원한 배고픔과 목마름에 고통을 받아야 했다. 그뿐만이 아니었다. 신들은 탄탈로스와 그의 일족에게 가문의 핏줄이 이어지는 한 절대로 그치지 않는 저주를 내렸다. 탄탈로스의 후손들은 모두 가문의 일원을 살해하게 될 뿐만 아니라 그로 인한 처벌도 고스란히 자신의 몫으로 짊어져야 한다는 것이다.

2. 탄탈로스의 만행

《오비디우스의 변신 이야기》

탄탈로스는 제우스와 님프인 플루토 사이에서 태어났다. 그는 제우스의 피를 물려받았지만, 반신반인의 신분이었다. 탄탈로스는 신들의 사랑을 받아 모든 일에서 축복받은 인물로 아주 부자였고 힘도 장사였다. 그의 나라는 아주 넓어서 북쪽으로는 트로이, 동쪽 내륙으로는 프리기아와 맞닿았다. 누구든 탄탈로스의 나라를 지나려면 열이틀이나 걸렸다고 한다. 탄탈로스는 아틀라스의 딸 디오네와 결혼하여 아들 펠롭스와 브로테아스, 딸 니오베를 얻었다.

탄탈로스는 제우스와 올림포스 신들에게 사랑받았다. 신들은 기꺼이 그를 올림포스 궁전에서 열리는 신들의 만찬에 초대해 신들과 만찬을 할 기회를 주었다. 신들의 만찬에서는 신들만 먹을 수 있는 음식인 암브로시아와 신들의 음료인 넥타르도 함께 먹고 마셨는데, 이 둘을 섭취하면 신과 같은 불사의 몸이 되었다. 이렇게 그는 인간이라면 누구도 누릴 수 없는 호사와 특권을 누렸다. 그러나 곧 딴마음을 품고, 만찬에서 나오는 넥타르와 암브로시아를 훔쳐서 인간 친구들에게 나눠주는가 하면 신들의 비밀을 누설하기도 했다.

탄탈로스는 아들 펠롭스를 신들에게 대접하였다. 아들을 조각내어 신들에게 제공했지만, 신들은 그의 속셈을 간파하고 그를 지옥인 타르타로스로 보낸다. 이 사건은 탄탈로스가 신성 모독과 불경을 저질렀다는 상징적인 의미가 있다.

탄탈로스는 평소에도 신들을 노하게 한 적이 한두 번이 아니었다. 어느 날 판다레오스가 제우스의 신전에서 황금 개를 훔쳐 탄탈로스에게 맡기며 키워 달라고 한 적이 있었는데, 제우스가 이 사실을 알고 헤르메스를 보내 돌려달라고 했으나 탄탈로스는 그런 적이 전혀 없다며 그런 개를 본 적도 없다고 시치미를 뗐다.

탄탈로스는 신들이 자기와 별반 다를 것이 없다고 생각했다. 그는 신들의 능력을 시험해 보려는 생각으로 신들을 집으로 초대했다. 그는 신들에게 무엇을 대접할지 곰곰이 생각한 끝에 아들 펠롭스를 죽여서 요리를 만들어 대접한다.

●

●

●

[탄탈로스]

하하! 이렇게 누추한 곳까지 왕림해주시니 감사할 따름입니다. 오늘은 매우 특별한 음식을 준비했으니 맛있게 드시면 고맙겠습니다.

신들이 둘러앉은 식탁으로 죽은 펠롭스의 요리를 담은 그릇을 차렸다. 신들은 모두 탄탈로스의 구역질나는 범죄를 알아차리고 음식에 손도 대지 않았다. 그런데 풍요의 여신 데메테르는 음식 일부분을 먹었다. 그녀는 사랑하는 딸 페르세포네가 하데스에게 납치되어 온통 딸의 안위를 걱정하고 있었기 때문에 탄탈로스가 대접한 음식이 인육인지 아닌지 간파하지 못했다. 탄탈로스가 신을 시험하고 능멸한 사실이 제우스에게 알려지자 제우스는 크게 분노한다.

[제우스]
헤르메스는 당장 타르타로스 가장 깊은 곳에 탄탈로스를 가두고 영원한 배고픔과 목마름의 벌을 주어라.

제우스가 내린 형벌은 영원한 배고픔을 느끼게 하는 벌로 무척이나 가혹했다. 탄탈로스는 지하 세계의 저주받은 웅덩이에 박힌 말뚝에 묶였다. 또한 제우스는 운명의 여신 중 하나인 클로토를 시켜서 불쌍하게 죽은 펠롭스를 다시 살리도록 명령하였다. 클로토와 신들은 식탁에 놓였던 펠롭스의 살점들을 모아 가마솥에 넣고 다시 끓였다.

가마솥 안에서 펠롭스는 새 생명을 얻어 되살아났다. 다만 어깨 부분의 살은 데메테르가 먹어버린 까닭에 복원되지 못했다. 데메테르는 대장장이의 신 헤파이스토스에게 부탁하여 만든 눈이 부시게 빛나는 상아를 깎아 펠롭스의 어깨에 붙여 주었다. 그래서 펠롭스의 어깨는 하얗게 빛났다.

환생한 펠롭스는 어깨의 상아 덕분에 매우 아름다웠다. 그리고 바다의 신 포세이돈이 반하고 말았다. 그는 곧바로 황금빛 갈기를 자랑하는 말들이 끄는 마차를 동원하여 펠롭스를 납치하였다. 펠롭스에게는 여인의 젖무덤과 풍만한 엉덩이도 없었으나 그럼에도 포세이돈은 펠롭스에게 푹 빠져들었다. 제우스가 아름다운 목동 가니메데스를 납치하여 사랑했다면 포세이돈은 펠롭스를 납치하여 연정의 대상으로 삼았다.

3. 펠롭스의 저버린 약속

《아폴로도로스의 비블리오테케》

펠롭스는 어엿한 청년이 되었다. 이제 이성과 사랑을 나눌 나이가 된 것이다. 펠롭스는 바다 건너에 있는 그리스에 떠도는 소문을 들었다. 소문의 진상은 피사의 공주 히포다메이아가 천상의 아름다움을 지닌 절세 미인이라는 것이었다. 그녀는 여신 아프로디테의 아름다움과 아르테미스의 순결함을 지녔다.

히포다메이아의 아버지는 전쟁의 신인 아레스의 아들 오이노마오스였다. 그런데 오이노마오스는 아름다운 딸 히포다메이아를 딸이 아닌 여자로 사랑하고 있었다. 근친상간적인 사랑의 마음을 품고 있었던 것이다. 오이노마오스는 그 누구에게도 딸을 주고 싶지 않았다. 그는 딸의 방에 은밀하게 들어가 밤을 보내기도 했다. 잠을 자는 딸의 얼굴을 바라보며 그녀의 아름다움에 넋을 잃고 애를 태우는 것이 낙이 되어버렸다.

[오이노마오스]

오! 내게서 태어난 딸아, 네가 나의 여식이 아니었다면 지금이라도 당장 구혼하련만, 아비와 딸로 만난 것이 한탄스러울 뿐이다.

오이노마오스는 날이 갈수록 초조해졌다. 히포다메이아의 아름다움은 신들의 세계에도 소문났다. 바람둥이 제우스나 신들로부터 딸을 지키는 것도 득달같이 달려드는 인간들도 처치 곤란이었다. 그럴수록 딸에 대한 연정은 깊어만 갔다. 그는 포도주를 마시면서 불안을 극복하고자 했다. 그러나 포도주는 이성을 마비시키는 마법의 술이었다. 그의 가슴에서 끓어오르는 욕망에 힘을 실어주었으며 상상력을 배가시켰다.

[오이노마오스]

제우스께서도 딸인 페르세포네와 관계를 맺지 않았는가. 또한 우리는 근친에 의한 후예가 아닌가. 나는 이 순간 이후 타르타로스보다 더 깊은 곳을 헤매더라도 사랑하는 딸의 남자가 되리라.

오이노마오스의 딸에 대한 근친상간적 애정은 부조리하고 파렴치한 행위이다. 그러나 신화에서는 강한 남성이 여성을 독차지하려는 투쟁으로 그려졌다.

아름다운 히포다메이아에게 구혼하려는 남자들이 넘쳐났다. 오이노마오스는 구혼자들에게 딸을 빼앗기지 않으려고 한 가지 묘안을 냈다. 그에게는 전쟁의 신인 아버지 아레스로부터 선물받은 명마 프실라와 하르피니가 있었다. 게다가 그에게는 완벽한 전차와 훌륭한 마부 미르틸로스도 있었다. 미르틸로스는 전령의 신 헤르메스의 자식이었다.

오이노마오스는 딸에게 구혼하는 사람들은 자신과의 전차 경주에서 이겨야만 한다고 공표했다. 경주 구간은 엘리스의 피사에서 코린토스의 이스트모스까지였다.

구혼자가 먼저 출발하면 오이노마오스는 제우스에게 황소를 바친 뒤 미르틸로스가 모는 전차를 타고 추격하였다. 그의 말은 바람보다 빨라서 구혼자를 따라잡았다. 그는 구혼자를 역전시키기보다 창을 던져 죽였다. 열두 명의 구혼자가 이런 식으로 장가도 가지 못하고 오이노마오스의 손에 의해 생을 마감했다.

오이노마오스는 죽은 자의 머리를 궁전 문에 걸어 놓고 몸뚱이는 짐승이 먹게 내버렸다. 그러고는 또 다른 구혼자들에게 엄포를 놓았다.

[오이노마오스]

내 반드시 딸의 구혼자들의 해골로 신전을 지을 것이다.

마부 미르틸로스도 역시 공주를 탐냈지만 목숨을 걸고 도전하지는 못했다.

떠오르는 젊음의 꽃이 펠롭스의 뺨 아래로 물들였을 때, 그는 불가능에 가까운 도전을 하리라 마음먹었다. 아름다운 공주 히포다메이아를 얻기 위한 도전이었다. 펠롭스는 밤에 혼자 바다 가장자리 가까이 가서는 포효하는 삼지창 포세이돈을 큰소리로 부르며 말했다.

[펠롭스]

보라, 위대한 바다의 신이며, 나의 사랑하는 애인이여, 나는 이제 한 여인을 위해 목숨 건 경주를 하려고 합니다. 그 여인의 아버지 오이노마오스는 뻔뻔하게도 마차 경주로 수많은 구혼자를 희생시키며 딸의 혼인을 막았습니다. 큰 위험은 겁쟁이의 말을 듣지 못하게 합니다. 이 시합은 나의 도전을 위한 것입니다. 나를 사랑한다면 당신은 부디 내 마음의 소원을 공정하게 다루십시오.

펠롭스의 기도가 끝나자 바닷속에서 날개 달린 말 네 마리가 끄는 황금 전차가 나타났다. 펠롭스는 기쁨에 넘쳐 전차에 올라타고 히포다메이아가 있는 피사로 내달렸다. 펠롭스가 피사의 궁궐 앞에 서자 그동안 구혼을 위해 경주에 참여했던 구혼자들의 잘린 머리 12개가 지독한 냄새와 함께 문 위에 걸려 있는 게 보였다. 펠롭스는 강철 같은 심장이었지만 은근히 두려움이 솟았다. 그는 고심 끝에 오이노마오스의 마부 미르틸로스를 만나 은밀한 제안을 한다.

[펠롭스]

나를 오이노마오스 왕과의 마차 경주에서 이기게 해주면 당신에게 왕국의 반을 주고 히포다메이아와의 첫날밤을 보낼 특권도 부여하겠소, 그러니 나를 도와주시오.

왕의 마부이자 헤르메스의 아들인 미르틸로스는 펠롭스의 어마어마한 제안을 받고 갈등했다. 그러나 곧 자신이 도와 그가 승리한다면 아름다운 히포다메이아를 품을 수 있다는 말에 제안을 받아들였다. 펠롭스는 아폴론, 아프로디테, 아테나 신에게 승리를 기원했다.

오이노마오스 왕은 펠롭스의 출현에 놀랐다. 한눈에 봐도 보통 말과 마차가 아닌 포세이돈 신의 것임을 알 수 있었기 때문이다. 그는 아버지 아레스의 명마를 믿었다.

펠롭스가 결승점에 다다를 무렵 뒤따라온 왕의 창이 펠롭스를 꿰뚫으려는 순간 왕의 마차가 산산조각 났다. 미르틸로스가 출발 전에 부품 하나를 망가뜨렸기 때문이다. 왕은 땅바닥에 내동댕이쳐져 죽었다. 숨을 거두기 전 오이노마오스는 마부 미르틸로스의 배신을 알게 되었고 그를 저주하면서 펠롭스의 손에 죽기를 기도했다.

전차 경주에서 승리한 펠롭스는 히포다메이아와 결혼하였다. 그들은 미르틸로스가 모는 전차를 타고 신혼여행을 떠났다. 펠롭스는 모든 세상이 자기 것만 같았다. 그의 곁에 아름다운 히포다메이아가 있었기 때문이다.

마부석의 미르틸로스가 채찍을 휘두를 때마다 마차는 하늘을 향해 날았다. 전차 뒷자리에 앉은 펠롭스는 히포다메이아의 허리에 팔을 두르

오이노마오스는 신의 축복을 받아 빠른 말과 전투 기술로 유명했다. 자신의 딸을 남편으로 맞이할 자를 찾기 위해 많은 남자들과 경주를 벌였고 매번 승리하여 그들을 죽였다. 그의 운명은 펠롭스에 의해 바뀐다. 펠롭스는 오이노마오스와 경주를 결심하고 포세이돈의 도움을 받는다. 경주 중 펠롭스는 오이노마오스의 마차 바퀴를 망가뜨려 그를 넘어뜨리고 죽인다. 오이노마오스의 죽음은 권력을 남용한 대가로 비극적인 결말을 맞이한 사례로 해석될 수 있으며, 교만과 오만함의 결과를 보여주는 이야기로 남아 있다.

고 있었다. 마차가 구름으로 덮이자 펠롭스는 히포다메이아의 입술을 찾았다. 그녀는 펠롭스의 손길을 거부하지 않았다. 전차 뒤의 두 사람이 열정에 탐닉하고 있을 때 마부 미르틸로스는 분노했다. 펠롭스가 자신에게 약속한 일 때문이었다. 그는 분명 히포다메이아와의 첫날밤을 보낼 사람은 자신이라고 믿었다. 약속을 저버리고 펠롭스가 그녀를 먼저 탐닉하는 걸 보니 분노가 일었다.

미르틸로스는 가공할 분노의 힘으로 말들에게 채찍을 휘둘렀다. 말들은 깜짝 놀라 우렁찬 울음소리와 함께 구름을 벗어나 강으로 떨어지기 시작했다. 말들뿐만 아니라 펠롭스와 히포다메이아도 놀라기는 마찬가지였다. 그들의 꿈같은 시간은 곧 공포의 시간이 되었다.

태양신의 아들 파에톤의 추락처럼 미르틸로스의 마차는 쏜살같이 강으로 추락하고 있었다. 펠롭스가 아무리 영웅일지라도 이 순간은 마부 미르틸로스의 고삐 쥔 손에 생사가 달려 있었다. 마차는 유성처럼 곤두박질하여 말과 함께 강으로 빠지고 말았다. 펠롭스와 히포다메이아는 충격으로 정신을 잃었다. 하지만 미르틸로스는 말짱했으며 곧 펠롭스를 떨쳐내고 히포다메이아를 포옹했다.

[미르틸로스]

당신은 원래 내 여자가 되어야 할 운명이오. 펠롭스가 내게 한 약속이기에 당신과 첫날을 보내려 하오.

미르틸로스가 정신을 잃은 히포다메이아를 겁간하려고 할 때 포세이돈의 명령을 받은 강의 신이 그를 덮쳤다. 정신을 차린 펠롭스는 미르틸로스를 강물 속으로 던져버렸다. 미르틸로스는 죽어가면서 펠롭스 가문에 저주를 내렸다.

[미르틸로스]

약속을 저버린 펠롭스여, 너의 자식들에게 저주가 있을 것이다.

미르틸로스의 비명을 헤르메스가 들었고, 그는 아들의 소원대로 펠롭스의 자식들에게 저주를 내렸다. 헤르메스는 아들 미르틸로스를 마부자리의 별로 만들었다.

●

●

●

펠롭스의 이야기는 인간 군상의 적나라한 탐욕을 보여준다. 장성한 딸을 혼인시키지 않으려고 잔꾀를 부리고 근친상간의 죄를 저지르려는 오이노마오스는 딸의 구혼자를 죽이는 것도 모자라 시신을 모욕하는 행위로 신의 분노를 피할 수 없었다.

미르틸로스는 주인을 배신하고 그 또한 배신당한다. 배신과 욕심이 결국 스스로를 죽음으로 밀어 넣은 셈이다. 펠롭스는 신을 공경했지만 신의를 지키지는 않았다. 강자에 약하고 약자에 강한 전형적인 인간 유형이다. 화장실 들어갈 때와 나올 때 마음이 바뀌듯이 구혼 경주에서 승리하자 어떻게 하면 미르틸로스를 없앨까만 궁리했다. 그는 권력욕과 영토에 대한 욕심이 강했다. 그의 신에 대한 공경심은 어쩌면 인간에 대한 범죄를 덮으려는 꼼수가 아닐까? 그는 사람의 목숨을 하찮게 여기고 배신을 밥 먹듯이 했다. 어쩌면 아버지 탄탈로스보다 죄질이 더 나쁘다. 그런데도 신들은 그에게 커다란 영예를 주었다. 우리에게 잘 알려진 펠로폰네소스 반도는 그가 반도를 통일하여 붙여진 이름이다.

4. 니오베의 저주

《오비디우스의 변신 이야기》

탄탈로스 가문의 저주는 하나뿐인 딸인 니오베에게도 내려졌다. 테베의 왕 암피온의 아내 니오베에게는 일곱 명의 아들과 일곱 명의 딸이 있었다. 탄탈로스의 딸은 아이들이 자랑스러웠다. 열네 명의 자식들은 젊은 신들처럼 아름다웠다. 신들은 니오베에게 행복과 부, 멋진 아이들을 주었지만 탄탈로스의 딸은 감사하지 않았다.

눈먼 예언자 테이레시아스의 딸인 예언자 만토는 테베의 거리를 지나며 테베의 여인들에게 말했다.

[테이레시아스]

테베의 딸들아! 레토와 그녀의 두 자손에게 유향을 바치기 위해 모여라. 월계수를 네 머리에 묶은 채 레토 여신에게 기도하여라. 그가 나를 통하여 너에게 행하라고 명령하였느니라.

테베의 여인들은 즉시 순종하여 월계수 잎으로 머리를 묶은 다음 성전 앞에서 향을 피우며 기도했다. 그들 앞에 니오베가 나타났는데, 그녀는 수행원들에게 둘러싸여 금으로 짠 프리지아 옷을 입은 화려한 모습이었다. 그녀는 사랑스럽고 우아했으며 긴 머리카락은 매끈한 머리에서 양쪽 어깨 위로 쏟아졌다. 그녀는 성전 앞에 멈춰 서서 거만한 눈으로 군중을 살폈다.

[니오베]

눈에 보이는 하늘의 신들보다 이름만 들어본 신들을 선호하다니 이게 무슨 미친 짓이란 말이냐? 내 신성(神性)은 머리 둘 곳이 없는데 어째서 레토만 그 이름에 봉헌된 신전에서 섬김을 받아야 옳다는 말이야? 내 아버지 탄탈로스는 신들의 식탁에 드는 것을 허락받은 유일한 인간이었고, 내 어머니는 플레이아데스 중 한 분이 아니시더냐? 두 어깨에 하늘의 축을 떠메고 계시는 아틀라스께서는 내 외조부시고, 제우스께서는 친조부시며 시아버지이시기도 하다. 내가 얼마나 대단한 혈통을 타고난 여자인가? 프리지아의 온 백성이 나를 섬기고 카드모스의 온 도성이 내 치하에 있다.

내 남편의 리라 연주로 세워진 성벽들은 백성과 함께 나와 내 남편의 통치를 받고 있소. 궁전의 어느 쪽으로 눈길을 돌리든 곳곳에 무한한 부가 보이오. 또한 내 미모는 여신에게나 어울릴 만한 것이지. 그리고 나의 일곱 딸과 일곱 아들이 머지않아 보게 될 사위와 며느리들로 이곳을 가득 채울 것이다. 이런 나를 두고 아무도 돌아보지 않는 저 티탄 코이오스의 딸 레토를 섬기다니.

그녀가 출산하려고 했을 때 넓은 대지는 그녀에게 한 뼘의 자리조차 거절하지 않았던가! 하늘도 땅도 물도 그대들의 여신을 받아주지 않았소.

그녀는 세상에서 추방됐다가 델로스 섬이 불쌍히 여겨 "그대는 대지를 떠돌고 나는 정처 없이 바다를 떠도는군요."라고 말한 뒤 출산할 자리를 빌려주는 바람에 겨우 쌍둥이 자식을 낳을 수 있었소. 그것은 내가 낳은 자식의 7분의 1에 지나지 않소. 나는 행복하며 앞으로도 행복할 것이오. 풍요가 나를 안전하게 지켜주니까.

나에게는 운명의 여신 티케도 해칠 수 없을 만큼 막강한 힘이 있다. 운명의 여신이 내게서 많은 것을 빼앗아간다 하더라도 내게 남은 것은 레토 여신의 자식들처럼 두 명으로 줄지는 않을 것이오. 한데 그녀는 그 두 명으로 무자식의 팔자를 간신히 모면했던 것이오. 그대들은 이곳을 떠나시오. 머리에서 월계수 관을 벗고 이곳을 떠나시오.

그들은 월계관을 벗고는 제물을 바치다 말고 서둘러 떠났다. 하지만 그들이 마음속 기도로 여신을 공경하는 것까지는 말릴 수 없었다. 사태가 여기에 이르자 이를 내려다본 레토 여신은 화를 내며 퀸토스 산정에서서 그 유명한 쌍둥이 아들딸인 아폴론과 아르테미스를 불러 말했다.

[레토]

보아라, 너희 어미인 나는 너희를 낳은 것을 자랑스럽게 여기고 헤라 외에는 어느 여신에게도 양보할 뜻이 없다. 그런데 지금 나는 과연 여신인지조차 의심받고 있단다. 얘들아, 너희가 도와주지 않으면 내가 공경받던 제단들에서 두고두고 영원히 쫓겨나게 생겼구나. 내 괴로움은 그뿐이 아니다. 저 탄탈루스의 딸은 방자한 행동에 욕설까지 덧붙이며 제

자식들이 너희보다 잘났고 나를 무자식이라고 부르는구나. 그런 일이라면 그녀에게 되돌아가기를! 불경한 말을 들어보니 그 아비에 그 딸이로구나.

레토 여신이 이런 이야기에 덧붙여 간청하려는데 아폴론이 말했다.

[아폴론]
어머니, 그만하세요. 불평이 길어지면 처벌만 늦어져요.

아르테미스도 같은 말을 했다. 그러고 나서 그들은 구름에 가려진 채 대기 사이로 미끄러져 내려가 카드모스 성채 위에 닿았다. 그 아래에는 넓은 평원이 도시의 성벽까지 뻗어 있었다. 마차 바퀴와 달리는 말의 단단한 발굽이 잔디를 두드렸다. 암피온의 아들 중 일부가 트리안 보라색과 황금 고삐로 만든 안장 담요를 사용하여 그곳을 타고 있었다. 어머니의 자궁에서 첫 번째로 태어난 이스메노스는 말고삐를 단단히 틀어쥐고 원을 그리며 돌다가 외마디 소리를 질렀다. 화살이 가슴에 꽂힌 것이었다. 고삐가 그의 손에서 풀려나와 말의 오른쪽 어깨 옆으로 떨어졌다.

그다음으로 둘째 아들인 시필루스는 화살이 제거될 때 화살 통이 덜컹거리는 소리를 듣고 고삐를 휘둘렀다. 그는 무슨 일이 일어날지 알고 있었고, 자신을 짓누르는 먹구름을 앞지르기 위해 필사적으로 가벼운 바람을 잡으려고 모든 돛을 올리는 선장처럼 반응했다. 그럼에도 냉혹한 아폴론의 화살은 그가 달아날 때 목덜미 위쪽에 꽂혀 떨고 있었고, 벌거

벗은 무쇠는 목구멍 앞쪽을 뚫고 튀어나왔다. 그는 그대로 앞으로 쓰러지며 달리는 말의 갈기와 다리들 사이로 굴러떨어져 뜨거운 피를 땅에 쏟았다.

불행한 파이디무스와 외조부의 이름을 물려받은 탄탈루스는 일상의 훈련을 끝내고 몸에서 올리브기름을 번쩍이며 젊은이의 운동인 레슬링을 하고 있었다. 그들이 가슴을 맞댄 채 서로를 꽉 붙잡았을 때, 팽팽한 시위를 떠난 화살 한 대가 맞붙어 있던 두 사람을 꿰뚫었다. 이들은 한입이 되어 외마디 소리를 지르고는 한덩어리가 되어 땅바닥에 쓰러졌다. 알페노르가 제 가슴을 치며 달려와 형제의 죽음을 애도했으나 그도 형제들 위로 쓰러지고 말았다. 태양의 신 아폴론이 쏜 화살이 그의 옆구리를 관통했다.

마지막 희생자인 일리오네우스는 쓸데없는 기도로 팔을 들고 살려달라고 외쳤지만 아무런 소용이 없었다. 그의 기도가 끝나기 무섭게 아폴론의 화살이 그의 심장을 꿰뚫어 죽이기는 하였으나 그리 깊이 꽂히지는 않았다.

청천벼락 같이 날아든 소식을 듣고 울부짖는 백성과 눈물짓는 왕족들을 보고서야 니오베는 갑작스럽게 파멸이 닥쳤다는 것을 알게 되었다. 그녀는 신들에게 그런 능력이 있다는 데 놀랐고, 신들이 감히 이런 짓을 한 것에 분개했다. 설상가상으로 아이들의 아버지 암피온은 비보를 접하고는 칼로 자기 가슴을 찔렀다. 그는 삶을 마감하는 동시에 자식 잃은 아버지로서 앓아야 하는 모진 가슴앓이를 면했다.

이제 니오베는 조금 전 당당하고 거만했던 니오베가 아니었다. 모두에

니오베의 오만함은 신들의 분노를 초래했고 아폴론과 아르테미스는 니오베의 자녀들을 하나하나 활을 쏘아 죽였다. 니오베는 슬픔에 잠기고 자녀를 잃은 고통을 견딜 수 없게 된다. 결국 그녀는 돌로 변해 영원히 눈물을 흘리며 고통받는 존재가 되었다. 니오베의 절규는 잃어버린 자식에 대한 비통함과 신의 저주에 대한 상징으로, 인간의 교만과 그에 따른 대가를 보여주는 비극적인 이야기이다.

게 선망의 대상이었으나 지금은 적에게도 연민의 대상이 되었다. 그녀는 아들들의 싸늘한 시신 위에 몸을 구부리고는 마지막 작별 인사로 모두에게 입을 맞추었다. 그러더니 돌아서서 다친 두 팔을 하늘 높이 들었다.

[니오베]

잔인한 레토여, 우리의 슬픔으로 잔치를 벌이시구려! 자, 그대는 내 불행으로 그대의 마음과 사나운 심장을 마음껏 먹이시구려! 나는 일곱 아들과 함께 죽은 것이니까요. 그대는 이겼으니 승리자로 환호하세요. 하지만 어째서 승리자지요? 비참한 나에게 남은 것이 행복한 그대에게 남은 것보다 더 많은데, 그렇게 많이 죽은 뒤에도 여전히 내가 승리자예요!

니오베가 말을 마치자 팽팽한 활시위가 '탕' 하고 울렸다. 그 소리에 모두 겁에 질렸으나 니오베만은 겁내지 않았으니, 불행이 오히려 그녀를 대담하게 만들었다. 니오베의 딸들은 검은 옷을 입고 싸늘하게 식은 오라버니들의 관 앞에 서 있었다. 이때 화살 한 대가 날아와 니오베의 딸 중 하나의 가슴을 꿰뚫었다. 그녀는 박힌 화살을 뽑다가 졸도하여 제 오라비의 얼굴에 얼굴을 얹은 채 죽어갔다.

다른 한 명의 딸은 제 어머니를 위로하려다가 갑자기 말문을 닫으며 눈에 보이지 않은 상처에 허리가 꺾였다. 한 명은 헛되이 도망치다가 쓰러졌고, 또 한 명은 언니 위에 쓰러져 죽었다. 한 명은 숨어 있고, 또 한 명은 떨고 서 있었다. 이들 모두 다른 곳에 화살을 맞아 눈을 감았다. 마지막으로 남은 것은 막내딸 하나뿐이었다. 니오베는 옷자락으로 막내딸의 온몸을 가렸다.

[니오베]
막내딸 하나라도 남겨주세요! 그토록 많던 자식들 가운데 막내딸 하나만 요구하는 거예요.

니오베의 호소에도 보람 없이 이 아이 역시 땅바닥에 쓰러졌다. 니오베는 아무도 돌보아주는 이 없는 혈혈단신이 되어 죽은 자식들 사이로 무너져 내렸다. 참을 길 없는 슬픔은 니오베의 몸을 돌로 변신시켰다. 이제 산들바람도 니오베의 머리카락을 흩날리지 못했다. 피가 빠져나간 니오베의 얼굴은 창백했다. 니오베의 눈은 슬픔에 잠긴 채 허공을 향하고 있었다. 살아 있는 사람의 모습은 어디에도 남아 있지 않았다. 니오베는 고개를 돌릴 수도 없었고 팔이나 다리를 움직일 수도 없었다. 하지만 그녀는 여전히 눈물을 흘리고 있었다. 강력한 회오리바람이 에워싸더니 그녀를 고향으로 채갔다. 그곳에서 그녀는 산꼭대기에 고정된 채 서 있고, 지금까지도 그 바위에서는 눈물이 흘러내린다.

5. 펠롭스와 히포다메이아

《이폴로도로스의 비블리오테케》

펠롭스는 니오베의 죽은 자식들의 시신을 거둬 매장하였다. 피사의 왕이 된 펠롭스는 대외 정복에 열을 올렸다. 그는 먼저 가까운 올림피아를 정복했다. 죽은 오이노마오스 왕을 기리기 위해 제우스의 성지 올림피아에서 성대한 장례 경기를 열었다. 일설에 따르면 이것이 올림픽 경기의 시초라고 한다.

펠롭스는 인간이 이룬 최초의 영웅이 되었다. 그는 아름다운 히포다메이아를 아내로 맞이하였고, 그녀에게서 아들 다섯과 딸 여섯을 두었다. 그럼에도 그는 님프 이오스티케와 바람을 피워 크리시포스라는 아이를 낳는다. 그는 외모가 처녀들처럼 아름다웠고, 총명하여 펠롭스의 사랑을 한몸에 받았다. 히포다메이아는 이런 크리시포스를 못마땅하게 여겼다. 자칫하면 자기 아들들을 제치고 그가 왕위에 오를지도 모를 일이었다.

그러던 어느 날 테베에서 망명해 온 라이오스가 크리시포스를 보고 한눈에 반하고 말았다. 라이오스는 소년에게 마차 경주를 가르치며 연인 관계로 발전하였다. 그리고 테베에서 추방령이 해제되자 라이오스는 크리시포스를 납치하여 테베로 돌아갔다.

크리시포스가 라이오스에게 납치되었다는 소식에 펠롭스는 매우 상심하였고, 수단과 방법을 가리지 않고 크리시포스를 구출하고자 애썼다. 조바심이 난 히포다메이아는 가장 신뢰하는 두 아들을 불렀다.

[히포다메이아]
네 아버지가 크리시포스를 구출하기 전에 그를 죽여야 한다.

히포다메이아는 두 아들 아트레우스와 티에스테스를 데리고 테베에 잠입했다. 두 아들을 데리고 테베로 잠입한 다른 이유가 있었다. 라이오스가 피사에 있을 때 히포다메이아는 그에게 크리시포스를 암살할 것을 부탁했고, 그녀의 부탁을 받은 라이오스는 크리시포스를 죽이려 했지만, 그의 아름다움에 반해 칼을 거두고 소년을 사랑하게 된 것이었다. 히포다메이아는 음모가 드러날까 봐 직접 크리시포스를 죽이지 않으면 안심이 되지 않았던 것이다. 그녀는 라이오스의 침실로 숨어들어 크리시포스를 칼로 찔러 죽였다. 라이오스에게 발각된 그녀는 아르고스로 달아나고 두 아들은 미케네로 달아난다.

•
•
•

펠롭스가 포세이돈의 애인이었다가 히포다메이아와 결혼하는 것은 소년이 청년이 되는 과정을 보여준다. 그의 아들 크리시포스는 이 과정을 통과하지 못하고 죽었다. 히포다메이아는 아르고스에서 자살하였다.

크리시포스는 피사의 왕 펠롭스가 님페 악시오케에게서 얻은 아름다운 아들이다. 아버지의 지나친 총애로 본처 히포다메이아의 질투와 미움을 사 히포다메이아가 낳은 이복형제들의 손에 목숨을 잃었다. 테베의 왕이자 오이디푸스의 아버지인 라이오스 왕에게 겁탈당하고 수치심에 자살하였다는 설도 있다. 이 일로 펠롭스는 라이오스에게 아들의 손에 죽게 되리라는 저주를 퍼부었다고 한다.

그녀는 크리시포스를 죽였기에 라이오스는 물론 펠롭스로부터 배척당했다. 결국 펠롭스는 아내와 아들을 동시에 잃어버리는 불행한 중년을 맞게 된 것이다.

펠롭스는 이 불행한 사건과 약간의 바람기 외에는 무난하게 왕국을 잘 다스렸는데, 처녀 신 아르테미스 때문에 불행한 마지막을 맞게 된다. 펠롭스의 불행이 바람기 때문이라고 생각했던 탓인지, 아르테미스는 펠롭스에게 순결을 지키며 자신을 받들 것을 요구한다. 하지만 아직은 욕정을 끊을 수 없었던 펠롭스는 그녀의 요구를 거부했고, 자존심이 상한 아르테미스는 그를 불행하게 만들기로 작정하여 그가 자신을 불사신이라고 생각하는 정신병에 걸리도록 만들었다.

펠롭스는 한 번 죽었다 부활했으니 이런 정신 이상이 쉽게 찾아올 법도 했다. 불 속에서도 자신은 타 죽지 않을 것이라고 믿은 펠롭스는 불타는 장작더미에 뛰어들어 마지막을 맞고 말았다.

6. 왕좌의 게임

《그리스 신화》

펠롭스와 히포다메이아의 두 아들 아트레우스와 티에스테스는 미케네에서 사이좋게 살았다. 펠롭스는 죽기 전에 양 떼를 둘로 나누어 그들에게 물려주었는데, 헤르메스는 아들 미르틸로스가 죽은 데 앙심을 품고 아트레우스의 양 떼 사이에 황금 양모를 가진 양 한 마리를 집어넣었다. 아트레우스는 아버지를 죽게 한 아르테미스를 달래기 위해 양 떼 가운데 가장 훌륭한 양 한 마리를 바치겠다고 약속했다. 그러나 막상 황금 양털을 가진 양을 보니 아까운 마음이 들었다. 아트레우스는 양을 죽여서 아르테미스에게 바치긴 했지만, 황금 양털은 남겨두었다.

당시 미케네의 왕은 영웅 페르세우스와 안드로메다 사이에서 태어난 스테넬로스였다. 스테넬로스가 왕이었을 때 헤라클레스가 태어났는데, 헤라클레스가 태어나기 얼마 전에 스테넬로스의 아들 에우리스테우스가 태어났다. 에우리스테우스는 원래 헤라클레스보다 더 늦게 태어나야 했는데 그가 먼저 태어난 것은 다음과 같은 사정이 있다.

헤라클레스의 어머니 알크메네는 에우리스테우스의 아버지 스테넬로스와 마찬가지로 영웅 페르세우스의 손녀이자 암피트리온의 아내이다.

그녀는 당대에 가장 아름다운 여성으로 남편 암피트리온을 따라 테베에 망명하고 있었고 암피트리온은 전장에 나서게 된다. 올림포스의 제우스는 홀로 남은 알크메네에게 반해 암피트리온으로 변신하고 전쟁에서 승리했다는 소식과 전리품을 가지고 돌아온다. 알크메네는 전혀 눈치채지 못하고, 그날 밤 그녀의 침실은 신과 인간의 뜨거운 사랑의 향연이 펼쳐진다.

많은 여신과 님프, 여인들을 섭렵했던 제우스는 알크메네가 마지막 필멸의 여인이었다고 말한다. 그래서인지 제우스는 짧은 하룻밤을 세 배로 늘려 알크메네를 탐닉하였다. 길고 긴 밤이 지나고 다음 날, 제우스는 이미 올림포스로 올라갔고 진짜 암피트리온이 돌아왔다. 그는 이런 사실을 전혀 모른 채 알크메네와 잠자리를 함께했고, 얼마 뒤 알크메네는 쌍둥이를 임신했다.

올림포스의 제우스는 알크메네가 자신의 아기를 임신하자 이를 기뻐하며 신들에게 자랑한다.

[제우스]

곧 페르세우스의 후손이 태어나 그 아이가 미케네의 통치자가 될 것이오.

이 말을 엿들은 헤라는 페르세우스의 후손인 알크메네가 제우스의 씨를 가졌다는 사실을 알고는 분노하였다. 마침 이 시기에 미케네의 왕 스테넬로스의 아내도 임신 중이었는데, 알크메네를 질투한 헤라는 출산의

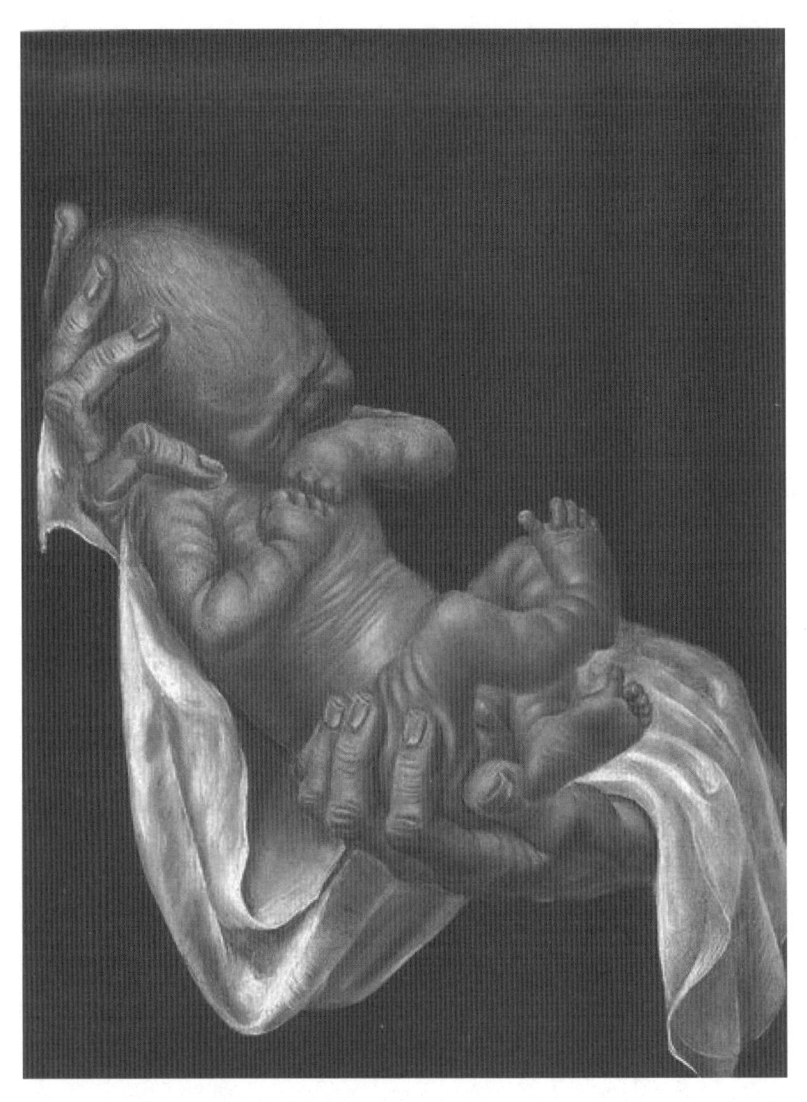

에우리스테우스는 제우스와 헤라의 질투 때문에 태어났다. 제우스는 헤라를 속이기 위해 알크메네와의 관계를 맺고 헤라클레스를 낳았다. 헤라는 질투하여 에우리스테우스를 헤라클레스보다 먼저 태어나게 하여 헤라클레스와의 경쟁 구도를 만들었다. 에우리스테우스는 자신의 왕국과 힘을 이용해 헤라클레스를 괴롭히고 이 때문에 두 인물 간의 갈등과 경쟁이 발생한다. 에우리스테우스의 출생 이야기는 신화에서 질투와 복수 그리고 운명의 주제를 드러낸다.

여신 에일레이티이아에게 지시하여 알크메네의 아이인 헤라클레스의 탄생은 늦추고 스테넬로스의 아이인 에우리스테우스를 일곱 달 만에 세상에 나오게 하였다. 그 덕분에 제우스가 예언한 미케네의 통치권은 에우리스테우스에게로 돌아갔다.

헤라클레스 대신 에우리스테우스가 미케네의 왕이 되었고, 헤라클레스는 헤라의 저주로 광기에 휩싸여 처자식을 죽인 자신의 죄를 씻기 위해 에우리스테우스에게 12가지 과업을 받게 된다. 스테넬로스의 사후에 에우리스테우스가 왕위를 물려받았지만, 심약하고 통치력이 없었다. 그래서 헤라클레스가 12번째 과업으로 타르타로스를 지키는 개 케르베로스를 데려오자 에우리스테우스는 놀라서 항아리 속에 숨었다고 한다. 얼마 후 에우리스테우스는 시름시름 앓다가 죽고 말았다.

에우리스테우스에게는 후사가 없어 왕의 자리는 공석이 되었다. 미케네 백성들은 신전에서 신께 후사를 물었다. 신탁은 아트레우스와 티에스테스 형제 중에 한 사람을 뽑아 왕으로 삼으라는 내용이었다.

7. 증오의 음모

《세네카의 티에스테스》

"아, 아…."

여인의 교성이 흘러나오는 곳은 티에스테스의 침실이었다. 티에스테스는 반라 여인의 몸 위에서 격렬하게 움직였다. 탐욕과 욕망의 열기가 식은 뒤 오랜 침묵을 깨고 티에스테스가 말했다.

[티에스테스]

형수님, 이제 정신이 드십니까?

티에스테스는 형인 아트레우스의 아내 아이로페와 한바탕 격렬한 정사를 치른 것이다. 그것은 금지된 사랑이었다. 오래전부터 둘은 아트레우스 몰래 통정하고 있었다.

미케네의 백성들 앞에서 아트레우스와 티에스테스 형제는 왕이 되기 위한 방법을 논하였다. 동생 티에스테스가 형 아트레우스에게 황금 양털을 가진 자가 왕이 되는 것이 어떠냐고 제안했다. 이 제안을 들은 아트레우스는 뛸 듯이 기뻤다. 그는 자신이 키우던 양 떼 속에서 황금 양털을 가진 양을 발견하여 그 양의 털을 확보하고 있었기 때문이다. 여기에는 음모가 있었다. 티에스테스는 아트레우스의 아내 아이로페와 불륜 관계였기에 그녀를 통해 황금 양털을 빼돌린 상태였다.

정해진 날짜가 다가왔고, 아트레우스는 황금 양털을 구할 수 없었다. 티에스테스는 황금 양털을 꺼냈고, 사람들은 황금 양털을 가져온 티에스테스를 왕으로 삼았다. 아내의 배신으로 왕이 되지 못한 아트레우스는 억울함을 호소하였다.

[아트레우스]
무언가 잘못되었다. 나에게 만회할 기회를 주시오.

티에스테스는 다른 방법이 있을 리 없다고 생각하고, 백성들 앞에서 여유를 보여주고 싶었다.

[티에스테스]
형님이 말한 기회란 무엇입니까?"

[아트레우스]
내가 기도하면 태양이 서쪽에서 떠오를 것이다.

그의 말을 들은 티에스테스와 백성들은 실소를 금치 못했다.

아트레우스는 티에스테스와의 대결에서 태양이 서쪽에서 뜨게 하는 제안을 하여 형제의 비극적 운명을 예고한다. 이 내기는 태양이 동쪽에서 서쪽으로 이동한다는 자연의 법칙을 거스르는 것으로, 아트레우스의 복수심이 얼마나 비극적이고 극단적인지를 보여준다.

[티에스테스]

좋소, 형님께서 태양을 서쪽에서 뜨게 한다면 내 기꺼이 왕의 자리를 양보하리다.

무슨 이유에서였는지, 신들은 아트레우스의 기도를 들어주었고, 특정한 날에 태양은 서쪽에서 떠올랐다. 결국 천재지변을 일으킨 아트레우스가 미케네의 왕이 되었다.

아트레우스는 티에스테스가 자기 아내와 정을 통하고 쌍둥이 아들을 낳은 것까지 다 알고 있었다. 그는 복수를 위해 기회를 노렸고 자객을 보내 티에스테스와 아내인 아이로페 사이에서 태어난 플레이스테네스를 죽이게 했다. 자객은 엉뚱하게도 아트레우스가 아이로페를 만나기 이전에 나은 아들인 동명이인의 플레이스테네스를 죽이고 말았다. 이 사건으로 아트레우스의 참았던 분노가 폭발한다.

[아트레우스]

(혼잣말로) 폭군? 겁쟁이, 배짱 없는 겁쟁이. 그게 바로 너다, 아트레우스. 티에스테스의 배신을 알게 된 후 너의 복수는 어디에 있느냐? 너는 헛되이 징징대고 있다. 너는 그를 잡기 위해 배와 칼을 든 사람들의 함대를 보냈어야 했고, 왕국 전체를 불타오르는 무기의 충돌로 만들었어야 했다. 지금 전쟁의 진격 나팔을 불어라! 기병을 보내고 모든 신하를 보내라. 숲, 요새, 온 땅을 샅샅이 뒤져라! 내 적을 숨기는 자에게는 죽음

의 고통! 그리고 그가 궁전에 숨어 있다면, 증오하는 내 동생이 무너지면 나도 무너질 수 있다.

뭔가를 하라, 어서. 미래에 아무도 그를 부러워하지 않을 만큼 검고 피비린내 나는 잔학 행위를 칭찬하거나 잊지 않을 일을 하라! 범죄는 더 나쁜 범죄에 의해서만 복수가 가능한 법. 그리고 그의 야만성을 능가하기는 어려울 것이다. 지금은 상황이 좋지 않지만 그처럼 야심 찬 사람이 겁을 먹고 나서 정말로 아무것도 하지 않으리라고 생각하는가? 너는 그가 얼마나 완고한지 안다. 그가 회복하여 공격하기 전에 공격하라! 네가 그를 파괴하지 않으면 그가 너를 파괴할 것이다.

[시중]

당신의 행위 때문에 비판받는 것이 두렵지 않습니까?

[아트레우스]

(오만하고 냉소적으로) 너는 주인이 하는 일을 참아야 하고 주인을 칭찬해야 한다. 그것이 왕의 가장 좋은 점이다.

[시중]

그들은 두려움 때문에 칭찬합니다. 두려움은 적을 만듭니다. 진심에서 우러나오는 칭찬을 원하지 않으십니까?

[아트레우스]

아첨을 듣는 것은 내가 강력하다는 것을 증명한다.

[시중]

그들은 당신이 원하는 것이 옳다면 승인할 것입니다.

[아트레우스]

옳은 것만 허용한 왕은 위태로운 왕좌에 앉는다.

[시중]

성실성, 충성심, 명예가 없는 왕은 불안정합니다.

[아트레우스]

성실성, 충성심, 명예. 왕은 그들이 원하는 대로 행동해야 한다.

[시중]

형제가 나쁜 사람이라 할지라도 형제를 해치는 것은 틀림없이 잘못된 일입니다.

[아트레우스]

(분노하며) 형제에게 하는 것이 무엇이든 그렇게 하는 것이 옳다. 그는 내 아내를 유혹하고 내 왕국을 훔쳤다. 그는 왕실에 혼란을 일으켰다! 그는

고대 권력의 상징, 즉 황금 양털이 달린 신비한 숫양을 탈취했다. 그 신성한 숫양을 가진 사람은 왕국을 지배한다. 배신자는 감히 그것을 벽으로 둘러싸인 울타리에서 멀리 떨어뜨렸다. 그의 공범자는 내 아내였다! 그것이 우리의 치명적인 불화의 시작이었다. 나는 추방되었고 내 삶에 대한 두려움으로 내 영역을 배회했다. 그는 내가 가진 모든 것을 공격했다. 내 왕좌, 내 아내, 내 아들. 내가 확신할 수 있는 것은 그의 적대감이다.

(자신에게 독백한다) 그렇다면 왜 가만히 있느냐? 가라! 탄탈로스와 펠롭스를 모델로 삼아라! (수행원에게) 저 괴물을 어떻게 죽여야 하지?

[수행원]

칼끝에 목숨을 내놓게 하십시오!

[아트레우스]

아니! 죽음은 형벌을 끝낸다. 나는 처벌 자체를 생각하고 있다. 친절한 왕은 그냥 죽이지만 나에게 죽음은 사람들이 구걸하는 호의이다.

[시종]

신들에 대한 존경심은 어떠합니까?

[아트레우스]

그들을 존중해야 할까? 이 집에는 존재하지 않는다. 지옥에서 온 신들,

그것이 내가 원하는 것이다. 불화의 횃불을 휘두르는 무시무시한 분노. 나는 더 많은 광기로 불타고 더 많은 괴물로 가득 차고 싶다.

[시중]
지금 무엇을 염두에 두고 있습니까?

[아트레우스]
예외적이고 절묘한 고통. 내가 하지 못할 일은 없다.

[시중]
검?

[아트레우스]
부적절하다.

[시중]
불은 어떻습니까?

[아트레우스]
또한 부적절하다.

[시중]

그러면 어떤 무기를 사용할 것입니까?

[아트레우스]

티에스테스 자신.

[시중]

당신은 분노에 휩싸여 너무 멀리 가고 있습니다.

[아트레우스]

나는 광란에 빠져 있고, 심장은 두근거리고, 내가 어디에 있는지 모르겠다. 땅에서 신음, 구름 한 점 없는 하늘에서 천둥, 궁전에서 추락, 공포에 질려 시선을 피하는 신들. 그러나 신들이 두려워하는 이 범죄는 반드시 일어나야 한다.

(무대 밖에서 시끄러운 소리)

[시중]

당신은 무엇을 할 계획입니까?

[아트레우스]

거대하고 비인간적이며 특별한 것. 그것은 내 마음속에서 자라고, 내 손을 경련하게 만들고 있다. 그게 뭔지는 정확히 모르겠지만, 티에스테에게 합당한 벌, 아트레우스에게 합당한 벌, 우리 둘 모두 그것에 연루되어야 한다. 테리우스 왕의 아내와 누이는 아들을 죽여 식사로 내놓았다. 그것은 말할 수 없이 끔찍하지만 이미 일어난 일이다. 나는 그를 위해 더 나쁜 것을 원한다. 영감이 필요하다. 지금은 그가 아이들을 먹고, 자기 살과 피를 뜯고, 음식을 즐기는 것만으로도 충분한 처벌이다.

[시중]

어떻게 그를 속여 함정에 몰아넣으시겠습니까? 그는 모든 점에서 경계하고 있습니다.

[아트레우스]

그는 무언가를 탈취하기를 갈망하기 때문에 붙잡힐 것이다. 내 왕국, 이를 위해 그는 폭풍우가 몰아치는 바다의 공포, 불신하는 해협, 벼락을 휘두르는 제우스에 직면할 것이다. 그것을 위해 그는 온 세상에서 가장 나쁜 일, 즉 나를 보는 일을 견딜 것이다.

[시중]

누가 그에게 불화가 끝났다고 확신시킬 수 있습니까? 그가 누구를 신뢰하겠습니까?

[아트레우스]

나는 그에게 '더는 방황과 불행을 겪지 말고, 망명에서 돌아와 나와 함께 아르고스를 다스리라'는 메시지를 내 아들과 함께 보낼 것이다. 그는 자신이 겪은 모든 불행에 지쳐 있다. 완고하지만 굴복할 것이다. 그는 항상 권력에 열광했고 지금은 절망적일 정도로 가난하다.

[시중]

그러나 지금쯤이면 자신의 불행을 참는 방법을 배웠을 것입니다.

[아트레우스]

불행! 고통이 길어질수록 고통을 더 많이 인식하게 된다.

[시중]

당신의 아들을 이용하지 마십시오. 후손들은 나쁜 교훈을 빨리 배웁니다. 그들은 당신에게 같은 속임수를 쓸 것입니다.

[아트레우스]

권력은 나에게서 어떤 교훈도 없이 그들에게 배신과 범죄를 가르칠 것이다. 그들이 나빠질까 봐 두렵나? 그들은 나쁘게 태어났다. 너는 내 음모가 가혹하고 잔인하고 야만적이라고 생각하지만 내 동생도 같은 음모를 꾸미고 있을 것이다.

[시중]

아들들에게 삼촌을 속일 것이라고 말할 겁니까?

[아트레우스]

그들은 음모를 밝힐 수 있다. 젊은이들이 침묵을 지키는 것을 기대할 수는 없지. 경험, 쓰라린 경험은 신중함의 필요성을 가르친다.

[시중]

그들을 이용하여 티에스테스를 속이는 동안 당신은 그들을 속이는 것입니다.

[아트레우스]

그들은 유죄가 아니다. 내 범죄에 연루될 필요는 없다. 나는 불화를 끝낼 사람이다. 내 아들들을 살려주면 나도 그의 아들들을 살려주겠다. 내 아들 아가멤논과 메넬라오스는 그들이 나를 돕기 위해 무엇을 하게 될지 모두 알고 있을 것이다. 이것은 내가 정말로 그들의 아버지인지 알아내는 방법이다. 그들이 악의를 나타내지 않고 그가 그들의 삼촌이기 때문에 공격하지 않는다면 내 아들이 아니다. 나는 절대 그들의 임무가 무엇인지 알리지 않을 것이다.

[시중]

나에게는 경고가 필요하지 않습니다. 충성과 두려움은 내 입술을 봉할 것입니다.

(그들은 떠난다)

[장로들의 송가]

형제들은 마침내 불화를 끝냈습니다.
이 가족이 그토록 많은 피를 흘리게 하는 분노는 무엇입니까?
범죄로 아르고스의 왕좌를 얻으려 노력하고,
왕권이 실제로 어디에 있는지 모르십니까?
부는 사람을 왕으로 만들지 않으며 보라색 예복도
또는 그의 머리에 왕관이나 금으로 빛나는 궁전도 만들지 않습니다.
진정한 왕은 두려움을 모르는 사람입니다.
악한 의도와 강렬한 야망이 없는 사람,
변덕스러운 사람들의 지원을 경멸하는 남자
그리고 서쪽에서 채굴된 모든 보물과
모든 타구스(고대의 지도자)가 굴러가는 황금 미사.
두려워하지 않고, 당황하지 않고,
그는 안전한 곳에서 평화롭게 지내고 있습니다.
초연하게 아래 세계를 내려다보며
자신의 운명을 받아들이고 기꺼이 죽음에 직면합니다.
지혜는 사람을 진정한 왕으로 만듭니다.
아무것도 두려워하지 않음으로써, 아무것도 갈망하지 않음으로써 모든 사람은 이 왕권을 스스로 부여할 수 있습니다.
다른 통치자들은 높이 올라갔지만
미끄러운 궁전 지붕에 서 있습니다.
나는 그것을 원하지 않습니다.
나는 분주하지 않은 달콤한 평화를 원합니다.
나는 내 삶이 침묵으로, 소란 없이 지나갔을 때
행복하게 죽을 것입니다. 늙고 평범한 사람으로.
그러나 죽음은 권력을 가진 사람에게 억압적인 전망입니다.
모든 사람에게 알려져 있지만, 자신을 모르는 사람.

8. 티에스테스의 귀향

《세네카의 티에스테스》

티에스테스는 망명에서 돌아와 고향인 아르고스를 둘러보고 있다. 그는 소년 시절의 풍경과 고향 도시의 성벽을 보았지만 동시에 불안감을 느꼈다. 적어도 망명 기간 동안 그는 안전했지만 이제 다시 위험을 느끼고 있다. 그는 자신과 자녀의 안전을 위해 되돌아갈 것을 고려했으나 아들들은 생각이 달랐다. 티에스테스의 아들은 아버지에게 아트레우스가 그들을 왕국으로 다시 맞이하길 원한다고 말했고, 아트레우스는 더이상 화를 내지 않기에 두려워할 것도 없다고 설득한다.

티에스테스에게는 아들이 네 명 있다. 네 번째인 아이기스투스는 나중에 클리타임네스트라의 정부(情夫)로 등장하며, 아가멤논이 트로이 전쟁에서 돌아오면 아가멤논을 죽이려는 음모를 꾸민다. 아이기스투스는 아직 태어나지 않았다. 티에스테스의 다른 세 아들 중 첫 번째는 할아버지의 이름을 따서 '탄탈로스 주니어'로 불린다. 둘째 플레이스테네스와 이름 없는 셋째는 말없이 탄탈로스 주니어를 따르다 참변을 당한다. 누더기를 입은 티에스테스가 세 아들과 함께 등장한다.

[티에스테스]

아르고스의 건물들과 재물, 내 고향의 토양과 조상신들의 동상, 장엄한 성벽, 내가 아버지의 전차에서 영광스러운 승리를 거두곤 했던 경마장. 아르고스 사람들이 나를 만나러 올 것이다. (독백) 하지만 아트레우스도 마찬가지일 것이다. 숲속 깊은 곳에서 내 피난처로 돌아가 동물들과 함께 사는 편이 좋으리라. 왕권의 광채와 기만적인 화려함에 현혹되지 마라. 선물을 볼 때 주는 사람도 살펴보아라. 모두가 내 망명 생활이 힘들다고 생각하지만, 나는 행복하다. 나는 돌아가고 싶다.

[탄탈로스 주니어]

(형제들에게) 무슨 일이야? 아버님께서 비틀거리시는데.

[티에스테스]

(독백) 왜 흔들리는 것이냐? 쉬운 결정이다. 왜 그것을 반복하고자 하는가? 네가 정말로 형제를 신뢰하고 권력을 공유할 수 있을까? 그 비참한 망명지로 돌아가는 편이 낫지 않을까? 너는 고난을 극복하고 고통에서 많은 것을 배웠다. 그러니 할 수 있을 때 되돌아와서 자신을 구하라.

[탄탈로스 주니어]

(티에스테스에게) 왜 집 앞에서 물러나는 것입니까? 아버님은 너무 많은 행복을 거절하고 있습니다. 아트레우스는 더는 화를 내지 않습니다. 그는 아버님에게 왕국의 절반을 돌려주고 우리의 해체된 가족을 재결합시

키려고 합니다.

[티에스테스]

나도 왜 내가 두려워하는지 모르겠다. 나는 두려워해야 할 것을 볼 수 없지만 여전히 두렵다. 나는 앞으로 나아가려고 하지만 다리에 힘이 없고, 노와 돛보다 더 강한 물살에 의해 뒤로 밀리는 배처럼 뒤를 향해 비틀거린다.

[탄탈로스 주니어]

아버님을 막는 것이 무엇인지 모르겠지만 극복하십시오. 아버님을 기다리는 보상을 보세요. 아버님은 왕이 될 수 있습니다.

[티에스테스]

죽을 수도 있다.

[탄탈로스 주니어]

그러나 왕권은….

[티에스테스]

왕좌에는 둘 이상의 자리가 없다.

[탄탈로스 주니어]

누가 행복하기보다는 비참하겠습니까?

[티에스테스]

(뜨거운 공기로 가득 찬 곳, 자신을 설득하려고 노력하며) 나를 믿어라. 아무도 이른바 위대함에 끌려서는 안 되며, 고난이라는 것을 두려워할 근거가 없다. 나는 탁월한 위치에 있었지만 결코 두려움에서 자유롭지 못했다. 나는 내 옆에 있는 칼이 두려웠다. 오, 권력을 잡기 위해 누구의 길을 막지 않고, 잔디에 누워 무엇을 먹을지 걱정하지 않으며, 단순히 먹고 마시는 것은 축복이다. 독은 황금 성배에 있다. 내 경험으로 말한다. 운이 좋은 것보다 불행한 것이 나을 수 있다.

나에게는 백성을 압도할 궁전이나 밝은 상아로 반짝이는 높은 천장, 자는 동안 나를 보호해 줄 경호원이 없다. 나는 연회에 쓸 물고기를 잡기 위해 함대를 통째로 고용하거나 바다의 제방에 호화로운 저택을 갖거나 국가의 공물을 사용하여 수많은 진미를 먹거나 저 먼 지역에 있는 비옥한 영지를 가질 수 없다. 고개를 끄덕이는 나무가 있는 옥상 정원과 수백 명의 노예가 데운 김이 나는 수영장, 이 모든 것은 나를 위한 것이 아니다. 밤새 술을 마시고 온종일 자는 일 이것 역시 내가 하지 않는 일이다. 그러나 나는 두려워하지 않으므로 안전하고 무기가 필요하지 않다. 나는 가진 것은 적지만 큰 평화를 누리고 있다.

티에스테스와 아들 탄탈로스 주니어는 복수를 다짐하며 귀환하여 아트레우스의 환영을 받는다. 권력과 복수의 갈림길에서 갈등하는 탄탈로스 주니어는 끔찍한 최후를 맞고 만다. 이는 비극적인 결말로 이어지며, 복수의 고리와 인간의 고통을 상징적으로 나타낸다.

[탄탈로스 주니어]

그러나 왕권은 거절되어서는 안 됩니다. 아버님의 형제는 아버님에게 통치를 요구하고 있습니다.

[티에스테스]

요구? 그것이 나를 두렵게 하는 것이다. 속임수다.

[탄탈로스 주니어]

형제의 사랑은 이전처럼 강해질 것입니다.

[티에스테스]

형제에게 사랑받는 티에스테스? 불가능하다. 옥수수는 바다에서 자랄 것이고 검은 밤은 그 일이 일어나기 전에 대지를 밝힐 것이다.

[탄탈로스 주니어]

어떤 종류의 속임수를 두려워하시는 겁니까?

[티에스테스]

내 두려움은 끝이 없다. 그의 증오는 해를 입히는 능력처럼 끝이 없다.

[탄탈로스 주니어]

그러나 그가 어떻게 아버님을 해칠 수 있겠습니까?

[티에스테스]

글쎄, 나는 지금 나를 두려워하지 않는다. 나는 그가 너희에게 무슨 짓을 할지가 두렵다.

[탄탈로스 주니어]

경계한다면 속지 않을 것입니다.

[티에스테스]

이미 곤경에 처했을 때 경계하는 것은 너무 늦다. 자, 좋아, 우리는 간다! 그러나 너희의 아버지로서 너희를 따르는 것이지 너희를 인도하는 것이 아님을 엄숙히 선언한다.

[탄탈로스 주니어]

신께서 우리를 지켜주실 것입니다.

티에스테스가 자신의 겸손한 욕망에 대해 말함에도 탄탈루스 주니어는 아버지에게 겸손을 회피하고 아르고스의 궁전으로 돌아갈 때라고 설득하고, 티에스테스는 자식들의 말에 따라 고국으로 향한다.

9. 아트레우스의 함정

《세네카의 티에스테스》

드디어 티에스테스와 아트레우스가 만났다. 아트레우스는 동생의 아이들을 바라보고는 알 수 없는 회심의 미소를 띠었다. 그는 사악한 독백을 쏟아냈다.

[아트레우스]

잡았어! 함정에 짐승이 잡혔다. 여기 동생과 그의 증오스러운 아이들이 있다. 이제 아무도 내 복수를 막을 수 없다. 나는 스스로를 통제할 수 없고 분노도 억제할 수 없다. 나는 사냥감이 먹이를 잡으려고 애쓰는 사냥개와 같다. 피 냄새를 맡은 분노를 숨길 수 없다. 하지만 나는 그것을 숨겨야 한다.

아트레우스는 겉으로는 동생을 진심으로 반기는 듯 형제를 포옹하며 말한다.

[아트레우스]

우리는 피를 나눈 형제이다. 이제 더는 분노도 증오도 없다. 우리에게 필요한 것은 형제의 사랑이다.

아트레우스가 동생에게 한 말은 따뜻함과 애정으로 가득 차 있었다. 아트레우스는 다툼이 끝났다고 말했다. 그들은 가족이 될 것이고 과거를 제쳐둘 것이다. 티에스테스는 아트레우스의 예상 밖의 말에 마음속으로 혼란이 일었다.

[티에스테스]

(포옹하며) 나는 내 모든 행동을 설명할 준비가 되어 여기에 왔지만, 형님의 환영이 나를 무장 해제시켰습니다. 그래서 고백합니다. 나는 당신이 생각한 모든 것을 저질렀습니다. 그러나 오늘 보여준 형제애는 제 사건을 변호할 수 없게 만들었습니다. 당신만큼 좋은 형제에게 범죄를 저지른 사람은 누구든 용서받지 못할 범죄자입니다. 제가 할 수 있는 일은 눈물로 당신에게 호소하는 것뿐입니다. 나는 다른 누구보다 먼저 이렇게 자신을 낮춘 적이 없습니다. 제발, 우리의 모든 분노와 적개심을 완전히 끝냅시다. 자, 이 무고한 아이들을 내 선의의 서약으로 받아들이십시오, 형제여.

티에스테스는 형제의 예상치 못한 친절에 놀라 모든 죄를 인정했다. 티에스테스는 정말로 형의 아내와 잤다고 실토했다. 그는 왕국을 장악하기 위해 그렇게 했다고 털어놓았다. 그는 아트레우스 앞에 무릎을 꿇고 분노를 가라앉힐 수 있는지 물었으며 충성의 증거로 아이들을 형에게 맡기기로 맹세했다. 아트레우스는 자비로운 미소를 지으며 모든 것을 용서할 것이며 티에스테스의 귀환을 공식화하기 위해 자신이 희생하여 모든 것을 잊겠다고 말한다.

[아트레우스]

거기서 더듬거리지 말고 한 어머니의 형제로 포옹하자. 티에스테스, 나는 네가 그런 옷을 입고 있는 것을 보고 싶지 않구나. 그 더러운 옷을 벗고 나처럼 왕의 예복을 입으라. 내가 왕좌를 잡은 것은 단순한 운이니 나와 함께 힘을 나누고 행복을 나누자. 나는 동생을 해치지 않을 것이고 조상의 왕관을 그대에게 회복시킴으로써 더 큰 영광을 얻을 것이다.

[티에스테스]

아트레우스, 신의 축복을 빕니다. 하지만 이렇게 더러운 머리에 왕관을 씌울 수는 없습니다.

[아트레우스]

이 왕국에는 두 명의 통치자를 위한 공간이 있다. 어서, 티에스테스.

[티에스테스]

좋습니다. 동의합니다. 형님께서 나에게 강요한 이 칭호를 받겠습니다. 그러나 당신은 법과 군대와 나를 통제하는 사람이 될 것입니다.

(그는 미소를 지으며 왕관과 예복을 받아들인다. 침울한 팡파르 소리)

아트레우스는 티에스테스에게 복수심에 불타며, 티에스테스는 아트레우스의 잔인함을 깨닫고 그에 대한 적개심을 품는다. 그들의 만남에서 아트레우스는 겉으로는 우애를 가장하지만 내면에는 복수의 계획을 숨기고 있다. 티에스테스는 아트레우스의 속셈을 알지 못하고 형을 신뢰하는 모습으로 나타난다.

형제의 화해는 아르고스 왕국의 내전을 향한 신호탄 같았다. 칼에서 녹이 긁히고 부서진 포탑이 재건되고 있었다. 형제의 화해로 바다의 거센 폭풍은 저절로 가라앉았고 마을은 다시 맑고 고요해졌다. 그럼에도 이 예상치 못한 평온함조차도 유보하여 받아들여야 한다.

[장로들의 송가]

누가 그것을 인정할 수 있습니까? 사나운 아트레우스,
자신을 통제할 수 없는 사람은 동생의 눈앞에서 멈춰 섰습니다.
진정한 형제애보다 더 강력한 힘은 없습니다.
진정한 사랑에 묶인 사람들은 영원히 묶여 있습니다.
형제의 사랑은 칼을 억제하고 서로 결합합니다.
그러나 바로 지금 내전의 무기가 삐걱거리고 있습니다.
하얀 얼굴의 어머니는 자녀에게 달라붙었고 두려움에 떨고 있습니다.
경비병들이 흉벽(胸壁) 위에서 겁에 질려 웅크리고 있었기 때문입니다.
그러나 야만적인 강철의 위협은 무너지고 죽었습니다.
이 행복한 도시에 깊은 평화가 다시 찾아왔습니다.
이러한 상태는 오래 지속되지 않습니다.
고통과 즐거움은 차례로 찾아옵니다.
즐거움이 가장 빨리 지나갑니다.
삶과 죽음의 권세를 가진 왕들(제우스가 부여한 하늘과 땅의 왕),
그 오만의 가면을 벗기십시오.
사람들이 그대에게서 두려워하는 것을 그대는 그분에게서 두려워해야 합니다.

모든 통치자는 더 가혹한 통치자에게 종속됩니다.

새벽은 사람이 높아지는 것을 보고, 밤은 남자가 엎드린 것을 봅니다.

성공을 너무 신뢰하지 마십시오.

신들은 당신에게 친절해도 내일을 기대할 수는 없습니다.

우리의 운명은 바뀌고, 그들은 소용돌이치고 있습니다.

신의 손 안에서….

10. 살육의 미친 광기

《세네카의 티에스테스》

오래된 펠롭스 성의 남쪽에 황금빛의 화려한 기둥이 있는 큰 홀이 있으며 홀 너머에는 복잡한 구조물과 방이 있고 더 남쪽에는 검은 참나무와 주목, 사이프러스 같은 고대 불모의 나무 덩어리가 있다. 이 숲은 아르고스 왕국의 지도자들이 오랫동안 신성한 도움을 구한 곳이다. 숲의 중앙에는 시끄러운 물로 가득 찬 검은 분수가 있었고, 밤에는 유령의 울음소리와 사슬을 끄는 소리로 가득 찼다.

[전령]

신이시여, 제 시력과 감각을 취하셔서 더는 상상할 수 없도록 하소서. 펠롭스와 탄탈로스조차도 겁에 질려 소름이 돋을 것입니다.

[장로]

무슨 일입니까?

[전령]

여기서 일어난 일입니다! 이곳은 어떤 곳인가요? 그리스입니까 땅끝에 있는 야만인의 땅입니까?

[장로]

아무리 끔찍하더라도 소식을 전해주세요.

[전령]

내 마음이 경주를 멈추고 흔들림을 멈추면… 여전히 내 눈앞에 그것이 보입니다. 아, 끔찍하게 불쌍한 가족!

[장로]

무슨 일이에요? 저희에게 말씀해 주십시오.

[전령]

(힘겹게 몸을 추스른다) 성채 정상에 있는 이 건물은 반짝이는 황금빛 지붕과 여러 색의 기둥을 가진 거대한 홀이 있어 온 백성이 궁정 연회를 벌입니다. 이 장소 너머로 궁전은 방마다 멀리 뻗어 있으며 매우 사치스럽습니다. 가장 안쪽 경내 깊숙한 곳에는 왕국의 지성소인 오래된 골짜기와 숲이 있는 비밀 안뜰이 있습니다. 그곳에는 검은색의 노송이며 어둠 속에서 흔들리고 우뚝 솟은 참나무가 무성합니다.

(조명이 약간 어두워진다) 이곳은 재난이 닥칠 때 통치자들이 도움을 구하는 곳입니다. 그들의 범죄와 착취를 기념하기 위하여 전쟁 나팔, 부서진 전차 (펠롭스가 경주에서 이길 수 있도록 방해한 미르틸로스의 전차), 적에게서

가져온 수놓은 망토, 기타 야만적인 전리품 같은 봉헌물을 이 나무에 바쳤습니다.

(조명이 더 어두워진다) 어둠 속에서 음침하고 느릿느릿한 시냇물이 지옥의 보기 흉한 스틱스 강처럼 검은 습지를 통해 천천히 흘러나옵니다. 불없이 타오르는 키 큰 나무들, 지옥의 문지기 케르베로스가 세 목구멍으로 울부짖으면 궁전은 거대한 유령에 움츠러듭니다. 낮이 공포를 없애는 것은 아닙니다. 숲에는 밤이 있습니다. 여기에서 운명은 천둥소리로 청원자들에게 드러나고, 동굴은 신이 말하는 대로 울부짖습니다. 여기 아트레우스는 광란에 빠져 비참한 희생자들을 끌고 와 손을 등 뒤로 묶었습니다.

(조명이 약간 밝아지고 아트레우스와 티에스테스의 아이들이 전령의 이야기를 연기한다. 탄탈로스의 유령이 지켜보는 가운데 전령이 말한다) 제단은 장식되었습니다. 희생자들은 묶여 있습니다. 향, 포도주, 소금에 절인 식사, 살인에 쓰일 칼이 있습니다. 이 죄 많은 희생을 주의 깊게 관찰했습니다.

[장로]

누가 칼을 잡았습니까?

[전령]

아트레우스 자신이 사제였습니다. 아트레우스는 죽음의 기도와 살인 구호를 외치며 불운한 소년들을 다루고 칼을 준비하며 꼼꼼하게… 나무

아트레우스의 광기는 복수심과 비극적인 결과를 반영한다. 그는 티에스테스와의 갈등 속에서 강한 감정에 사로잡히며 이러한 감정이 그를 미쳐가게 만든다. 특히, 아트레우스는 형제에게 복수하기 위해 끔찍한 행동을 계획하는데, 티에스테스의 아들을 죽이고 요리하여 티에스테스에게 대접하는 사건이 상징적으로 나타난다. 이러한 행동은 그의 광기를 극적으로 드러내며, 복수의 광기가 그의 인간성을 압도한다.

들이 모두 떨렸고 궁전은 비틀거렸지요. 신들의 조각상이 울었고 그의 왕관은 떨어졌습니다. 신성한 포도주는 피투성이가 되었습니다. 하늘을 가로지르는 별이 어둡게 줄무늬를 그렸습니다. 왕을 제외한 모든 사람이 이 전조들로 혼란스러워졌습니다.

그는 신들을 위협했습니다. 그는 제단 옆에 서서 희생자들을 야만적으로 노려보았고, 마치 굶주린 호랑이가 황소 두 마리를 쳐다보며 어느 황소를 공격해야 할지 모르고 둘 다 원하듯이 행동했습니다. 그는 어느 소년을 먼저 희생하고 어느 소년을 두 번째로 희생해야 할지 고민했습니다. 그것은 별로 중요하지 않은 문제였지만, 그는 그 상황을 즐겼습니다.

[장로]

누가 가장 먼저 죽었습니까?

[전령]

탄탈로스에 대한 헌신을 보여주기 위해 그는 어린 탄탈로스를 먼저 죽였습니다.

[장로]

그는 용감하게 죽었습니까? 그는 어떻게 생겼습니까?

[전령]

헛된 탄원은 없었습니다. 그러나 그 악마는 칼을 그에게 묻고 손이 소년의 목에 부딪힐 때까지 바로 넣었습니다. 그가 칼을 거두어들였을 때, 시체는 어느 방향으로 넘어질지 확신하지 못한 채 오랫동안 똑바로 서 있다가 삼촌에게 떨어졌습니다. 그 야만인은 다른 아이를 제단으로 끌고 가서 머리를 잘라 던져버렸습니다.

[장로]

그런 다음, 그는 다른 소년을 살려주었습니까? 아니면 그를 도살했습니까?

[전령]

그는 가축 떼에 떨어져 그들 중 몇 명을 죽인 사자 같았습니다. 턱에서는 피가 뚝뚝 떨어지고 이미 배불리 먹었지만, 살인 광란으로 황소와 송아지를 계속 공격합니다. 그저 아이라는 사실을 잊은 채 아트레우스는 피로 얼룩진 칼을 다른 소년의 몸을 관통하여 반대편으로 몰아넣었습니다. 그는 제단에 쓰러져 가슴과 등에 난 두 개의 치명적인 상처에서 솟아오르는 피로 불을 껐습니다.

(조명이 어두워져 더는 보이지 않으며 깜박이는 세 개의 불만 볼 수 있다)

[장로]

너무나 비인간적입니다!

[전령]]

그게 끔찍하다고 생각합니까? 그것은 그가 한 다음 일에 비하면 고귀한 것입니다.

[장로]

그보다 더 나쁜 것이 있습니까?

[전령]

범죄가 거기서 끝났다고 생각하십니까? 그것은 시작에 지나지 않았습니다.

[장로]

그가 무슨 짓을 더 했습니까? 화장도 하지 않고 시체를 버렸습니까?

[전령]

(불안해하며) 차라리 그랬으면 좋았을 것을. 그랬더라면 그들의 아버지인 티에스테스는 새와 야생 동물에게 반쯤 먹힌 매장되지 않은 아이들의 시체를 볼 수 있었겠지요. 그리고 그들을 위해 기도를 올릴 수 있었겠지요. 그러나 아트레우스가 한 일은, 오! 사람들은 그것을 믿지 않을 것입니다. 당신은 그런 일이 일어나는 것을 상상할 수도 없을 겁니다. 그는… 그들이 아직 살아 있는 동안 가슴에서 내장을 찢었고, 그들의 심장은 여전히 공포로 고동쳤습니다. 내장은 떨리고, 정맥은 여전히 따뜻하게 뛰고

있었지만… 아트레우스는… 티에스테스를 위해 잔치를 준비했습니다.

(격렬하게 떨며) 그는 자기 손으로 시체를 잘랐습니다. 어깨와 힘줄이 있는 팔을 절단하고 관절과 뼈를 발랐습니다. 불 위에 물을 올리고 끓는 가마솥에서는 거품이 일었습니다.

(큰소리로 신음하며) 그는 끓는 항아리에 그들을 던졌습니다. 끓는 물은 그가 던져준 덩어리에 잠시 숨을 죽였으나 곧 다시 가열되어 끓어올랐습니다. 불은 칠흑 같은 연기로 바뀌었고, 무거운 연기는 위로 떠내려갈 수도 높이 올라갈 수도 없었습니다.

(불빛은 어두워지고 이제 세 개의 불이 모두 꺼진다. 흐느껴 우는 소리)

[장로들의 송가]

혼란! 태양신이시여, 어디로 갔고, 왜 갔습니까?

저녁이 다가오고 있다는 기미도 없었고, 밤의 흔적도 없었습니다.

거인에게서 탈출하기 위해 정오에 서둘러 떠났습니까?

분노한 거인들은 하데스의 감옥에서 풀려났습니까?

그들은 저승의 문을 부수고 있습니까, 그들은 다시 하늘에서 전쟁하고 있습니까?

혼란! 하늘의 규칙적인 주기는 모두 죽었습니다.

왕국은 일몰과 일출이 반전되어 놀라운 혼란에 빠졌습니다.

이것이 무엇이든, 우리는 밤이 되기를 기도합니다.

우리의 마음은 모두 울퉁불퉁해 두려움으로 울부짖습니다.

세상은 운명에 의해 정해진 것처럼 폐허로 구겨지고 부서지고 있습니다.

그 형태 없는 혼돈이 다시 한번 신들과 인간들을 집어삼키고 있습니다.

그리고 땅과 바다와 하늘을 보석으로 장식하는 유목의 별들.

태양은 계절을 표시하지 않을 것이고, 달은 밤의 공포를 죽이지 않을 것입니다.

신성한 별과 행성들은 광대한 심연으로 뛰어들 것입니다.

조디악은 별자리가 떨어지는 것을 볼 것이고 스스로 떨어질 것입니다.

양자리가 떨어지고 황소자리가 떨어지고 물고기자리가 떨어지고
다른 모든 것이 떨어질 것입니다.

지금까지 존재했던 모든 인간 중에서 우리는 자격이 있습니까?

우주적 붕괴에 짓밟히고 시간의 끝을 목격하려면?

우리가 불행으로 태양을 잃었든, 그를 몰아냈든,

우리는 그런 불길한 운명으로 태어난 날을 저주합니다.

더이상 탄식이나 두려움은 없습니다!

세상이 죽어갈 때 죽고 싶지 않은 남자

그는 너무도 탐욕스럽습니다.

11. 분노의 파멸

《세네카의 티에스테스》

형제의 아들들을 죽인 아트레우스는 기뻐했다. 그에게는 신이 필요하지 않았다. 그는 자신의 기도에 응답했다. 그는 자신이 계획한 일이 척척 들어맞자, 이 시점에서 무슨 일이 일어났는지 알지 못하는 티에스테스에게 파멸을 불어넣으려 한다.

[아트레우스]

나는 별들 사이를 거닐며 기뻐하며 높은 하늘로 올라가 모든 사람 위에 우뚝 솟아 있다. 이제 나는 정말로 왕으로서의 권력을 확보했다. 이제 내 모든 영광에서 나에게 도전할 사람은 아무도 없다. 신들과 함께 멀리! (그들에게 더는 기도할 게 없다) 좋다, 괜찮아, 나도 만족한다. 그것으로 충분하다. 아니, 티에스테스에게 뭔가 더 되돌려줘야 해.

(자신의 말장난에 미소를 짓고 배를 두드리며) 자신의 아들을 먹었다는 것을 알게 될 때의 그의 표정은 어떨까? 나는 그의 불행을 그에게 완벽하게 불어넣을 것이다. 나는 그의 연회를 멈출 것이고 또 다른 연회를 즐길 것이다. 노예들이여, 궁전 문을 열어라! 내가 그에게 아들의 머리를 보여줄 때 어떤 표정을 지을지 보고 싶다. 그가 헐떡거리고, 경직되고, 충격

을 받고, 그가 내뱉는 첫 번째 소름 끼치는 말을 듣고 싶다. 나는 그가 단지 짓밟히는 것이 아니라 실제로 짓밟고 싶다. 그것은 내 모든 노력에 대한 보상이 될 것이다.

(문이 열리고 조명이 켜지면 탄탈로스의 유령이 지켜보는 가운데 티에스테스의 연회가 모습을 드러낸다)

티에스테스는 화려한 소파에 뻗어 술에 취해 트림하고 있다. 그는 배불리 먹었다. 그리고 큰 잔에 포도주를 따라 마시고 있다.

[아트레우스]

계속 마셔라, 티에스테스! 너의 세 희생자의 피가 포도주에 섞여 있다. 연회를 마무리하기 위해 이 잔을 가져라!

[티에스테스]

더는 나를 두려워하지 마라. 더는 슬픔도 없다. 더는 수치심과 가난도 없다. 이제 내 모든 문제가 끝났다. 나의 길고 비참한 망명은 끝났다. 그것은 위대한 일이었다. 내가 높은 곳에서 그토록 굳건하게 타락을 견디며 머리를 숙이지 않고 재앙에 정복하지 않은 방식. 하지만 지금은 그 불행한 시간을 잊어야 한다.

(미소를 지으며) 우울한 운명의 구름을 몰아내! 다 괜찮으니 다시 웃고, 오래된 슬픈 티에스테스를 없애라! 고통을 겪은 사람은 앞으로 모든 일이

잘 될 것임을 믿지 않으며, 행복하기란 쉽지 않음을 알게 된다(울음과 신음). 나는 그저 기뻐할 수만은 없다. 무엇이 나를 막고 있는가? 왜 나는 울고 신음하고 있는가?

(얼굴을 찡그리며) 고통을 겪은 사람들은 애도에 익숙해 있다. 그래서 나는 좋은 옷을 찢고 통곡하고 큰소리로 울부짖고 싶다. 아니, 내 마음은 나쁜 일이 생길 것이라고 경고하고 있다. (주먹을 흔들며) 잔잔한 바다가 바람 없이 부풀어 오르면 거센 폭풍이 몰아친다. 아, 아니, 이 바보야! 그것은 그저 너의 상상일 뿐이다. 너의 형제를 믿어라! 그것이 무엇이든, 두려워할 것이 없다.

(고개를 저으며) 아니, 어쩌면 지금은 너무 늦었다. 나는 비참해지고 싶지 않지만 공포가 나를 쫓고 울음이 터져 나온다. 슬픔인가, 두려움인가? 아니면 기쁨의 눈물인가?

[아트레우스]

(가짜 마음으로) 형제여, 좋은 친구로서 이 행복한 날을 함께 축하하자. 이날은 내 왕권을 공고히 하고 의심할 여지없이 우리 사이에 평화를 가져올 것이다.

[티에스테스]

나는 먹고 마실 만큼 충분히 먹었습니다. 이 행복한 행사를 아들들과 함께 나눌 수 있다면 내 기쁨은 충분할 것입니다.

[아트레우스]

(웃으며 티에스테스를 향해 손짓하며) 그들은 이미 너의 사랑스러운 품에 안긴 것이나 다름없다. 그들은 여기에 머물 것이고 너를 떠나지 않을 것이다. 네가 그들의 얼굴을 보고 싶다면 곧 보게 될 것이다. 너는 만족할 것이고 두려워하지 않을 것이다. 그들은 지금 내 아들들과 식사를 즐기고 있지만, 나는 곧 그들을 너에게 데려다줄 것이다.

(피 묻은 포도주를 티에스테스의 잔에 붓는다) 자, 마셔라. 미숙성된 소년 같은 포도주이지만 우리의 몸에서 나온 것이다.

[티에스테스]

아트레우스, 나는 우리 조상의 신들에게 포도주 일부를 바치고 나머지는 마실 것입니다. 아니, 잠깐, 잔이 너무 무거워!

(큰소리가 나고 조명이 어두워진다) 아! 바닥이 흔들리는 건가? 왜 이렇게 어두워진 거지? 하늘에 별이 없다. 그저 검은색, 검정, 밤에 묻힌 밤. 이것이 무엇이든 내 형제와 아들이 아니라 나를 공격해야 한다. 나는 범죄자다. (아트레우스를 향해) 내 아들들을 데려와. 제발, 지금.

[아트레우스]

그러지. 그들은 항상 너와 함께할 것이다.

[티에스테스]

(배를 움켜쥐고 뛰며) 아! 무언가 배 속을 휘젓고 있어… 음식이 나를 무겁

게 누르고 있다… 내가 멍청했다. 망할! 아들들아, 이리로, 불쌍한 아버지에게로 오너라. 너희를 보면 내 고통이 사라질 것이다.

(몸을 똑바로 세우고 어리둥절하여) 나는 그들이 신음하는 것을 들었다! 그들은 어디 있습니까?

[아트레우스]

(노예에게 손짓한다. 그는 아이들의 잘린 머리를 가져온다) 팔을 내밀어라, 그들이 왔다. 너는 너의 아들을 알아보지 못하느냐?

(잘린 머리는 비명을 지르는 티에스테스의 눈앞에 놓이고, 장로들도 공포에 휩싸인다. 그는 신음한다)

[티에스테스]

어떻게 이 모든 악을 견딜 수 있습니까? 왜 우리 둘 다 하데스로 뛰어들어 도시를 부수고 왕국과 왕을 무저갱(無底坑)으로 끌고 가지 않습니까? 우리는 탄탈로스 옆에 갇히거나 광활한 틈, 더 깊은 지옥, 불타고 격렬한 플레게톤 강과 저주받은 자들의 영혼 아래에 묻혀야 합니다. 아, 신들은 우리를 버렸다.

[아트레우스]

그것으로 충분하다! 너는 오랫동안 너의 아들들을 요구해왔다. 이제 영원히 그들을 가져라.

아트레우스는 티에스테스에게 복수하기 위해 그의 아들을 죽이고 시체를 요리하여 티에스테스에게 제공한다. 이 사건은 티에스테스에게 극심한 고통을 안겨주고 그의 비극적 운명을 더욱 강조한다. 티에스테스는 자신의 아들을 먹었다는 사실을 알게 되면서 심각한 절망과 죄책감에 빠진다. 이 사건은 그를 더욱 비극적으로 만들어 복수와 고통의 순환이 끊이지 않는다는 메시지를 전달한다.

[티에스테스]

친구이자 형제로서 내게 약속한 것은 무엇이오? 이것이 증오를 포기하는 방법입니까? 나는 당신에게 묻습니다. 내 아들들이 멀쩡한 모습으로 돌아오는 것을 기대하지 않소. 하지만 그 아이들의 화장을 위해 시신만은 돌려주길 바라오.

티에스테스는 아트레우스가 적어도 아이들의 시신을 야생 동물에게 먹히도록 내버려두지는 않을 것이라 믿었기에 시신만이라도 돌려주리라 믿었다. 아트레우스는 한 아이들 머리를 들고 티에스테스의 배를 가리켰다.

[아트레우스]

네가 그들을 먹었다. 훌륭한 아버지가 자기 자녀를 포도주와 함께 먹고 마셨다.

티에스테스는 몸을 떨었다. 그는 아들들의 잘린 머리와 손과 발을 보았고, 무슨 일이 일어났는지 이해하기 시작했다. 그는 격렬하게 경련을 일으키고 신음하였다.

[티에스테스]

그럴 수 없소. 검을 내게 줘. 내 아이들을 꺼내기 위해 나 자신을 잘라낼 것이다. 아니, 주먹을 사용하여 허리를 두드려 토해내겠다. 아, 안 돼.

나는 지금 죽은 애들을 때리고 있어. 아트레우스, 누가 이런 끔찍한 짓을 한 적이 있소? 야생의 야만인도 아니고, 괴물 같은 프로크루스테스도 아니고. 이것이 당신의 모든 범죄요, 아니면 더 있소?

아트레우스의 무자비함은 점점 더 커져만 갔다.

[아트레우스]

나는 그들의 몸뚱이에서 나온 따뜻한 피를 너의 입에 부어 그들이 살아 있는 동안 네가 그들의 피를 마실 수 있도록 해야 했다. 나의 서두름이 나의 분노를 속였다. 나는 그들을 제단에 바쳐 도살하고 칼을 꽂았다. 그들의 몸뚱이를 잘게 찢어 작은 조각을 냈다. 그 조각 중 일부를 끓는 가마솥에 넣었고 나머지는 천천히 구워서 불 속에 떨어뜨렸다. 나는 내 손으로 불을 쌓았다. 그러나 내 분노는 아무것도 얻지 못했다. 너는 어떤 아버지도 해서는 안 되는 일을 했다. 치아로 자기 아들의 살을 씹고 찢었다.

아트레우스는 아이들의 죽음과 그 결과를 설명함으로써 티에스테스를 고문했다. 티에스테스는 아트레우스에 대한 분노를 터뜨리기보다는 스스로 무너져 내렸다.

[티에스테스]

땅과 바다여, 그의 사악한 말을 들어라! 그의 말을 들어라, 하늘의 신이여, 당신들이 어디로 도망쳤든지. 지하 세계의 힘들아! 지옥의 검은 구름으로 무거운 밤이여, 내 부르짖음을 들어라. 나는 너희에게 버림받았다. 나는 나쁜 것을 위해 기도하지 않을 것이다. 나는 나 자신을 위해 아무것도 요구하지 않을 것이다. 하늘의 전능한 통치자, 하늘 궁정의 주권자이신 제우스여, 온 세상을 무서운 폭풍 구름으로 뒤덮고, 사방에서 바람의 전쟁을 보내고, 극에서 극으로 천둥 같은 폭력을 일으키고, 돌진하는 거인을 산산조각 낸 분노의 손으로 타오르는 화살을 던지십시오!

쫓겨난 일광에 복수하라! 사라진 햇빛을 대체하기 위해 번개를 날리십시오! 판단에 시간을 낭비하지 마십시오. 두 형제를 모두 유죄로 간주하고, 우리 둘 다 처벌하거나 나만 처벌하십시오. 그래, 날 공격해! 불타는 불의 번개 창으로 내 가슴을 불태우시오! 내 아들들을 화장하는 유일한 방법은 나 자신을 소각하는 것뿐입니다.

12. 복수를 위한 절규

《아폴로도로스의 비블리오테케》

티에스테스는 먹은 걸 죄다 토했다. 그리고 신변을 보호하기 위해 시카온으로 피신하였다. 티에스테스는 오직 복수심에 불탔다. 복수할 수만 있다면 자신의 몸뚱이가 갈라져도 좋다고 이를 갈았다.

[티에스테스]
두고 보아라. 내 복수를 위해 물불 가리지 않을 것이다.

티에스테스는 하루에도 몇백 번씩 복수를 되새겼다. 그는 델포이 신전으로 가서 어떻게 하면 복수를 할 수 있는지 신탁을 물었다. 그에게는 펠로피아라는 딸이 있었는데, 신탁은 티에스테스가 딸 펠로피아와 관계하여 낳은 자식이 티에스테스의 원수를 갚아줄 것이라고 하였다. 티에스테스는 신탁의 내용에 충격을 받았다. 복수를 위해 사랑하는 딸과 동침하라니 신이 원망스러웠다. 그러나 그는 이미 복수의 화신이 되어 있었다.

티에스테스의 딸 펠로피아는 아테나 신전의 여사제이었다. 그녀는 저녁 제사를 지내기 위해 제물을 준비하다가 양의 피가 옷에 튀자 붉게 물든 옷을 빨기 위해 동료들과 떨어져 강가로 갔다. 그때 굵은 밤나무 뒤에서 그녀를 훔쳐보는 남자가 있었다. 그는 얼굴을 알아보지 못하게 복면을 했는데, 펠로피아가 혼자되기만을 기다린 그녀의 아버지였다.

펠로피아는 주위를 둘러보더니 아무도 없음을 확인하고 옷을 벗었다. 티에스테스는 처음으로 딸의 나신을 보았다. 그는 눈을 가리려 했지만 동공은 더욱 커졌고 눈물이 비처럼 흘러나왔다.

[티에스테스]

아, 사랑하는 딸 앞에서 정욕을 느끼다니 누구의 저주란 말인가?

이미 복수의 화신이 된 그는 갑자기 일어난 욕정을 거두지 못하고 펠로피아를 급습하였다. 그녀는 필사적으로 반항했다. 펠로피아는 처녀신 아테나를 모시는 사제였기에 정절을 지켜야만 했다. 그러나 이내 순결을 잃고 울부짖었다.

[펠로피아]

아, 아테나 여신이여. 저를 용서하세요.

[티에스테스]

아, 나는 내 원수를 갚아줄 아들이 필요할 뿐이다. 반드시 아들이 태어나 복수해 다오.

티에스테스는 아트레우스에게 아들을 잃고 끔찍한 비극을 경험한다. 그는 복수를 위한 신탁에서 혈육만이 복수를 대신한다는 예언에 딸인 펠로피아를 근친상간하여 아들을 얻는다. 펠로피아는 복수와 잔인한 운명에 의해 결정되며 비극적인 결말을 맞이한다.

티에스테스는 곧 펠로피아의 곁을 떠났다. 그녀의 손에는 티에스테스의 증표인 작은 칼이 하나 쥐어 있었다. 펠로피아는 그날 밤의 일을 아무에게도 말하지 않았다. 언젠가 복수할 날이 올 것이라 믿으며 칼을 보관하였다.

그 무렵 미케네의 왕인 아트레우스가 시카온으로 왔다. 미케네에 큰 가뭄이 들자 아트레우스는 원수 같은 동생을 죽임으로써 가뭄이 해소된다는 신탁을 받고 티에스테스를 찾으러 온 것이다. 티에스테스의 행방은 찾지 못하고 우연히 아테나 신전에서 펠로피아를 만나게 된다.

아트레우스는 이상할 만큼 그녀에게 끌렸다. 펠로피아는 어딘지 어두워 보였지만 아르고스에서 자살한 아트레우스의 어머니 히포다메이아와 꼭 닮은 모습이었다. 아트레우스는 동생을 찾는 것은 뒷전으로 미루고 펠로피아에게 구혼했다. 펠로피아는 몸을 더럽힌 이곳을 벗어나고 싶었던 터라 소중히 보관하던 칼을 챙겨 아트레우스를 따라나섰다. 그녀의 몸에서는 이미 아이가 자라고 있었다.

미케네에 온 아트레우스는 어머니와 꼭 닮은 펠로피아의 침실을 하루도 거르지 않고 들러 사랑을 나누었다. 펠로피아의 배는 점점 불러왔고, 그녀의 임신 소식에 아트레우스는 감격하였다. 그는 동생과의 골육상쟁과 부인이었던 아이로페의 불륜, 조카들의 죽음 등 모든 굴레의 허물이 그녀의 신성한 회임 앞에 치유되는 것 같았다. 9개월 후 그녀는 아이기스토스를 낳는다.

아트레우스는 뛸 듯이 기뻤다. 비록 달수를 채우지 못하고 일찍 태어난 아기였지만, 의심할 겨를도 없이 그는 깊어가는 나이에 새로운 인생을 맞이하는 것 같았다. 그럴 수밖에 없었던 것이 그 아이가 클수록 아버지인 펠롭스를 닮았기 때문이었다. 아트레우스는 이제 어머니 히포다메이아와 아버지 펠롭스를 곁에 둔 것 같았다. 아트레우스의 생각에 그것은 길조였다. 그러나 펠로피아는 아이기스토스를 방치하다시피 했다. 그럴 때마다 아트레우스는 아이기스토스를 찾아 끔찍이 애정을 쏟았고, 자신의 뒤를 이어 왕의 자리를 물려주겠노라 다짐했다.

이런 시기에 아트레우스와 아이로페 사이에서 태어난 아들인 아가멤논과 메넬라오스는 도망 중이던 티에스테스를 체포하여 미케네로 압송해 왔다. 아트레우스는 티에스테스를 감옥에 가두었다. 그러자 길고 길었던 가뭄이 거짓말처럼 해갈되었다. 아트레우스에게 경사가 겹친 것이다. 겹경사 끝에 불행이 온다고, 그는 일곱 살밖에 되지 않은 아이기스토스를 시켜 티에스테스를 죽이라고 명한다. 아이기스토스에게 제왕의 기질을 심어주려고 했던 것이다.

티에스테스는 자신을 죽이러 온 아이기스토스가 가진 칼이 딸 펠로피아를 겁탈하고 증표로 남긴 칼임을 알아보았다. 아이기스토스를 설득하여 펠로피아를 데려오도록 했다.

티에스테스는 딸 앞에서 그동안의 이야기를 자세히 털어놓았다. 자신의 아이들이 죽어 요리가 되었던 사실과 그 복수를 위해 딸인 펠로피아를 근친상간한 이야기까지 모든 것을 빼놓지 않고 이야기했다. 펠로피아는 충격에 휩싸였다. 아버지와 관계하여 아이기스토스를 낳았을 뿐 아니라 큰아버지인 아트레우스와도 부부의 관계를 맺었기 때문이다. 그녀는 아버지와 아들이 보는 앞에서 티에스테스의 칼로 자결하고, 티에스테스는 아이기스토스에게 피 묻은 칼을 건네며 말한다.

[티에스테스]

아들아 이 칼을 아트레우스에게 보여라. 그가 방심하면 네 어머니의 복수를 해 다오.

아이기스토스는 어머니의 피 묻은 칼을 아트레우스에게 보였다. 아트레우스는 티에스테스가 죽었다고 생각하고 매우 기뻐하였다. 어머니의 죽음으로 슬픔에 잠겼던 아이기스토스는 아트레우스의 웃음을 보자 분노가 일었다. 그리고 그가 방심한 차에 칼을 들어 찔러 죽였다. 티에스테스와 아이기스토스 부자는 이렇게 한동안 미케네를 다스렸다. 아가멤논과 메넬라오스는 스파르타로 달아나 틴다레오스 왕의 도움을 청했다. 틴다레오스 왕은 무슨 생각인지 이들을 열심히 돕고, 결국 아가멤논은 티에스테스와 그의 아들 아이기스토스를 내쫓고 왕위에 오른다.

•

•

•

탄탈로스 가문의 형제 갈등은 등골이 오싹할 만큼 소름이 끼친다. 그들의 불화 원인은 탄탈로스의 신을 조롱한 것에서 출발하였다. 그러나 조상의 죄로 저주받았다고 여기기에는 설명이 좀 옹색하다. 진짜 원인은 권력욕이 아니었을까? 형제는 어렸을 때부터 무의식 속에서 아버지 펠롭스의 후계자 자리를 놓고 암투를 벌였던 것은 아닐까?

13. 아가멤논

《아이스킬로스의 3부작 오레스테이아》

아트레우스의 장남 아가멤논이 그리스군의 총사령관이 되어 트로이로 떠난 지 10년이 넘어섰다. 이윽고 거대한 목마를 이용한 오디세우스의 영리한 계략으로 길고 긴 공성전(攻城戰)은 그리스 군대의 승리로 돌아갔다.

트로이 성안에 들어서자 그들은 적을 학살했다. 그들은 아름다운 도시 트로이에 침입해 끔찍한 일을 저질렀다. 돌로 된 통로에는 피가 가득 찼고 벽에는 피로 흠뻑 젖은 태피스트리와 직물이 내걸렸다. 여성들은 강간당했고 어린이들은 살해당했다. 유아들은 높은 성벽에서 내던져졌다. 도시의 학살은 동물적이고 무자비했다. 그 앞에는 두 형제, 아가멤논 왕과 메넬라오스가 서 있었다.

모든 사건에는 신성한 손길이 있었다. 아폴론, 헤라, 아프로디테, 아테나, 제우스의 간섭은 폭력적인 전쟁을 연장시켰다. 그러나 인간에게 책임을 물어야 한다면, 트로이에서 일어난 학살의 집정관은 아트레우스 가문의 아들들인 아가멤논과 메넬라오스였다.

트로이의 아비규환 같은 밤과는 달리 바다 건너 아르고스 땅은 조용하고 어두웠다. 아가멤논 왕의 성채인 아트레우스 궁전에 총총한 별이 걸려 있다. 아가멤논의 백성들은 그가 돌아오기를 기다렸다.

파수병이 조용한 옥상에 서 있다. 그는 그날 밤 전쟁이 마침내 끝났다는 신호, 왕이 돌아오고 있다는 신호, 즉 먼 곳에서 횃불이 벌겋게 일어나는 것을 보았다.

[파수병]

어둠 속에 빛나는 불이여, 내 마음에 밝은 낮을 가져오는 불. 아르고스 궁전에 빛이 뿌려지면 이 행운을 축하하는 춤과 노래의 행렬이 시작되겠지. 이 소식을 왕비께 당장 알려야지. 왕비는 이불을 걷어차고 일어나 횃불을 보고 환희의 함성을 올릴 테지. 트로이가 함락됐으니까. 저기 높이 치솟는 불꽃이 그 소식을 전하고 있어. 내가 먼저 춤을 춰야겠군. 주인에게 던져진 행운의 주사위는 내 것이나 마찬가지거든. 저 횃불이 세 번이나 여섯 개의 점을 나한테 보였으니까.

그분이 돌아오셔서 다시 이 나라를 통치하신다면 내 팔자는 탄탄대로야. 왕께서 돌아오신다! 하지만 그 이상은 말 못해. 입이 없는 벙어리 노릇을 해야지. 이 집에 입이 있다면 술술 얘기를 털어놓을 걸. 정신 바싹 차리고 알아들을 만한 사람에게나 입을 열까? 그렇지 않은 자들에겐 모르는 체해야지.

날이 밝자 아르고스의 장로들은 지난밤에 중요한 사태가 벌어졌다는 것을 알고는 그것이 무엇인지 알아보기 위해 왕궁을 찾았다. 장로들은 클리타임네스트라 여왕이 궁전에서 희생의 불을 피우는 것을 지켜보았고, 불은 떠오르는 새벽의 빛을 공유하기 시작했다. 수석 장로는 그 광경을 보고 어리둥절하여 물었다.

[수석 장로]
여왕께 문안드리오. 대왕의 옥좌가 비어 있는 동안도 신하로서의 충성은 변함없습니다. 이렇듯 신전마다 불을 피우시니 무슨 좋은 소식이라도 있습니까?

클리타임네스트라는 불을 밝히는 일을 멈추지 않고 말했다.

[클리타임네스트라]
속담에도 있듯이 어둠의 자궁으로부터 어린 아기의 빛이 나온다지 않소. 그것은 반가운 소식이요, 그 어느 희망보다도 기쁜 소식이오. 그리스군이 프리아모스의 수도 트로이를 점령했소.

장로들은 그녀의 말에 기뻐하면서도 그 사실을 확인하고 싶었다.

[수석 장로]
혹, 간밤의 꿈을 믿으시는 건 아닙니까? 아니면 날개 없는 소문을 들으시고 기뻐하시는 건 아닙니까? 그것이 아니면 트로이는 언제 함락되었습니까? 누가 그렇게 빨리 소식을 전해 왔습니까?

클리타임네스트라는 지난밤의 일을 알려주었다.

[클리타임네스트라]

잠 속에 일어나는 생각 같은 건 난 믿지 않아요. 지난밤, 이다 산 정상으로부터 불의 신 헤파이스토스가 알려 왔소. 그러고는 봉화가 잇달아 올라 여기까지 전해온 거요. 이다로부터 렘노스에 있는 헤르메스의 바위산으로, 거기서 제우스의 옥좌 아토스의 영봉으로, 거기서 다시 바다 높이 솟아오른 봉화의 불길은 태양 같은 황금빛을 쏘아 드디어 마키스토스의 망루까지 온 거요. 거기 파수꾼도 행여 늦을세라 잠도 안 자고 이 소식의 봉화를 올리자 메사피오스 산의 파수병이 멀리 에우리포스 해협의 파도에 비친 불길을 보고 건조한 황무지 건초에 불을 질러 이 소식을 다시 전한 거요.

그 강렬한 불길은 식지 않고 아소포스 광야의 상공을 건너 달빛처럼 환하게 키타이론의 암벽에 이르렀고, 그러자 또 하나의 봉화가 일어난 거요. 거기 파수병들은 이 연락을 받자마자 더 큰불을 일으켜 봉화의 명령을 보내니 빛살처럼 빠르게 고르고피스 만 상공을 날아 아이기플랑크토스 산에 이르렀소. 그리고 이 산을 보고 지체 없이 봉화를 올리라는 명령이었소. 바람에 나부끼는 긴 수염 모양 기름을 담뿍 먹은 나무는 요란스러운 불길을 일으켜 살로니카 만이 아물거리는 해변 상공으로 뻗어 아라크네 산의 지붕으로 저 이다 산의 불길이 잇닿은 것이오. 이렇게 봉화에 봉화가 잇달아 명령대로 전해진 거요. 거기 마지막 봉화가 줄달음쳐 종착점에서 이글거리오. 트로이는 함락된 것이오. 이 봉화의 전갈이 그것을 증명하오. 이제 알겠소?

수석 장로는 기뻐하면서 다시 물었다.

[수석 장로]

여왕이시여, 신께 칭송을 드리고 싶습니다. 하지만 한 번 더 말씀해 주십시오. 이 기쁜 소식의 자초지종을 듣고 싶습니다.

[클리타임네스트라]

바로 이 아침, 그리스군은 트로이를 점령했소. 거기서는 울부짖는 소리가 요란하겠지. 식초와 기름을 한 그릇에 넣으면 도저히 엉키지 않는 법이오. 그러니 서로 상반되는 결과를 가져 와 승리자의 함성과 포로들의 신음이 뒤섞이게 마련이오. 살아남은 사람들도 포로의 사슬에 얽혀 가족의 죽음과 사랑하는 이의 죽음을 통곡할 것이 아니겠소? 하지만 전쟁이 끝난 마당에 승리자들은 주린 창자를 채우기 위해서 어지러운 시내를 활보하면서 포로의 집에서 먹을 것을 집어내고 휴식하겠지.

들판에서 서리와 이슬을 맞고 눕곤 했지만 이제는 그럴 필요도 없는 것이오. 다시는 보초가 깨우는 일도 없을 것이고 온밤 단잠을 잘 수도 있을 것이고. 하지만 설사 점령했다고 해도 트로이의 수호신들과 그들의 신전에 경의를 표해야지. 그래야만 화를 면하고 안전할 것이오.

병사들이 욕심을 부려 금지된 물건을 제발 탐내지 말아야 할 텐데. 병사들이 안전하게 고향으로 돌아오려면 그만한 길이의 길을 다시 걸어야

클리타임네스트라의 꿈은 그리스 신화와 비극에서 그녀의 심리적 상태와 복수의 주제를 강조하는 요소이다. 특히 아이스킬로스의 비극 《아가멤논》에서 그녀의 꿈은 그녀의 내적 갈등과 아가멤논에 대한 복수 의지를 드러낸다. 꿈에서 아가멤논이 돌아오는 것을 암시하는 징후를 보며 이는 그녀에게 불안감을 안겨준다. 그녀의 꿈은 아가멤논에 대한 사랑과 배신감, 복수의 결심을 교차시키는 감정을 상징한다. 이 꿈은 그녀가 복수를 위해 얼마나 심각하게 고민하는지를 나타내는 요소이다.

하오. 만일 군대가 그전에 제멋대로 군다면 즉각적인 운명의 타격은 면할지 모르지만, 죽은 자들의 원한이 복수하려고 할 게 아니겠소? 나는 그 같은 일이 발생하지 않도록 신들에게 불을 밝혔던 것이오. 그러니 내 말을 듣고 거듭 경계심을 북돋아 같이 기도하도록 하시오.

클리타임네스트라는 곧 내실로 사라졌다. 장로들은 여왕과 아가멤논 대왕 사이가 좋지 않다는 것을 알고 있었다. 그들은 아가멤논 대왕과 그의 형제 메넬라오스가 트로이를 향해 출발한 날, 마치 훔친 병아리를 좇는 새처럼 수천 척의 배가 진수된 분노를 회상했다.

14. 트로이 출정

《호메로스의 일리아드》

그리스는 '파리스'라는 트로이 왕자에게 납치당한 그리스 최고의 미인이자 메넬라오스의 아내 헬레네를 되찾기 위해 그리스에서 명성을 떨친 영웅들과 천여 척의 전함에 3만 명이 넘는 병사들을 집결해 아가멤논을 총사령관으로 출전 채비를 마쳤다.

아울리스 항구를 지켜보던 아가멤논을 비롯한 장수들은 출항에 앞서 잠시 사냥을 즐기기로 했다. 모두 말을 몰아 숲으로 들어갔는데 아가멤논은 몸집이 큰 수사슴을 발견했다. 아가멤논이 위용을 자랑하듯 활을 힘껏 당기자 화살은 수사슴의 목을 관통했다. 모두가 아가멤논의 활 솜씨를 칭송하며 사냥터에서 철수했지만, 그 사건은 '사냥의 여신'이자 '짐승의 수호신' 아르테미스 여신을 화나게 했다. 아르테미스 여신의 분노는 그리스군에 무서운 전염병을 퍼뜨려 병사들을 쓰러뜨리고 바람을 잠재워 전함들이 출항하지 못하도록 만들었다.

영문을 모르는 그리스 장수들이 매우 놀라 아가멤논에게 몰려가 긴급회의를 열었고, 아가멤논 또한 난감해하며 예언자 칼카스에게 해결책을 얻고자 한다. 칼카스는 테스토르의 아들로 새가 날아가는 모습으로 점을 치는 예언가였다. 이는 태양신 아폴론이 그에게 부여한 예언 능력 덕분이었다. 칼카스는 아가멤논의 질문에 다음과 같은 예언을 한다.

[칼카스]

아가멤논 총사령관께서 수사슴을 쏴 죽여 아르테미스 여신이 노했습니다. 여신에게 처녀 한 명을 제물로 바쳐야 노여움이 풀립니다. 그 처녀는 죄를 지은 사람의 딸이어야 합니다.

칼카스의 말을 들은 아가멤논은 가슴이 철렁했다. 자신의 딸 이피게네이아를 제물로 바쳐야 한다는 뜻이었기 때문이다. 수많은 장수들은 그리스의 명예를 위해 가족과 병사를 질병으로부터 보호하기 위해 어쩔 수 없다며 아가멤논의 결단을 촉구했다. 아가멤논의 딸 이피게네이아는 그리스 전역에서 처녀들이 흠모하던 영웅 아킬레우스에게 시집보낸다는 거짓 명목으로 미케네의 궁전에서 아울리스 항구로 불려왔다.

헬레네의 쌍둥이 언니로 이피게네이아의 어머니인 클리타임네스트라 또한 딸이 아킬레우스의 신부가 된다는 말에 딸과 함께 항구로 왔다. 아가멤논은 한동안 말없이 딸의 얼굴을 바라보다가 비장한 표정으로 사실을 밝혔고, 왕비 클리타임네스트라는 하얗게 질려 소리쳤다.

[클리타임네스트라]

우리 딸을 죽이다니요!

아가멤논은 가슴이 찢어졌지만 많은 병사들이 아르테미스의 노여움

아가멤논은 트로이 전쟁을 위해 그리스 연합군을 이끌고 출정한다. 출항을 위해서는 아르테미스의 노여움을 풀어야 했고, 여신은 아가멤논의 딸인 이피게니아를 제물로 요구한다. 이피게니아는 아버지의 계획에 저항하지만, 아버지와 그리스 군대의 명예를 위해 희생하기로 결심한다. 그녀의 선택은 사랑, 희생, 가족에 대한 충성을 강조한다. 이 사건은 비극적 운명의 상징이 개인의 희생과 공동체의 이익 사이의 갈등을 드러낸다.

으로 죽어가고 전함들이 항구에 묶여 다른 도리가 없다고 말했다. 새로 만든 아르테미스 여신의 제단에 이피게네이아가 눕혀지고 사제가 단도를 든 채 그 옆에 섰다. 아가멤논은 차마 볼 수 없어 눈물을 흘리며 아내 클리타임네스트라 쪽으로 얼굴을 돌렸다. 클리타임네스트라는 표독스러운 표정으로 아가멤논을 노려보았다.

[클리타임네스트라]

잘못은 당신이 저질렀는데 왜 죄 없는 아이가 죽어야 하나요? 당신의 오늘 처사를 절대로 잊지 않겠어요!

사제가 단검을 들어 제물인 이피게네이아의 목을 내리치려는 순간 구름이 피어오르더니 재빨리 이피게네이아의 몸을 감쌌고, 그녀가 있어야 할 자리에 암사슴 한 마리가 피를 흘리고 있었다. 모두 놀라 탄성을 질렀다. 구름에 싸인 이피게네이아는 아르테미스 여신을 만났다.

[아르테미스]

아버지의 죄 때문에 죽는 네가 불쌍해 살려주었다. 타우리스에 있는 내 신전으로 데려다줄 테니 여사제가 되어 신전을 잘 돌보라.

사태가 마무리되자 아울리스 항구에 다시 바람이 불었다. 드디어 그리스군의 함대는 트로이로 출항할 수 있었다.

15. 트로이 전쟁의 승리

《아이스킬로스의 3부작 오레스테이아》

장로들이 지난 일을 회상하며 앞으로의 대책을 토론하고 있을 때 전령이 도착하여 장로들 앞에 무릎을 꿇고 열변을 토했다.

[전령]

아, 아르고스 땅. 내 조국이여! 내 드디어 십 년 만에 그대에게 돌아왔노라. 내 용맹의 배는 하나하나 닻줄이 끊어져 나갔으나 끝까지 버티어 여기 안전하게 닿았네. 죽어서라도 그리운 조국 땅에 묻히리라고는 좀체 생각할 수 없었는데, 만세, 대지여! 만세, 아침의 태양이여! 조국의 신, 만물을 통치하시는 제우스여, 만세! 한때 우리에게 화살을 쏜 피톤의 왕, 만세! 다시는 화살을 보내지 말도록! 아폴론 신이여, 당신의 노여움이 스카만드로스 해안에서 우리의 머리 위에 복수를 퍼부으셨지요. 하지만 이제 당신은 구세주가 되어 우리를 구원해 주십니다.

거리와 시장을 주관하는 신들, 특히 헤르메스 신, 만세! 내 수호신이며 하늘의 사자, 사자들의 주인이시여! 우리를 조국으로 돌려보내 주신 신들이여, 살아남은 아르고스 사람들을 고이 받아주소서. 아, 정든 궁전과 대청, 엄숙한 신전과 태양을 맞는 신들이여, 옛날과 다름없이 인자하고 밝은 낮으로 오랜 세월 만에 돌아오는 왕을 맞아주소서. 밤으로부터 낮의 햇살이 비치듯이 어둠으로부터 왕의 빛이 아르고스에 동틉니다. 아가멤논이 돌아옵니다. 그러니 그를 크게 환영해야 합니다. 그는 환영받아 마땅합니다. 그의 정의의 손이 복수하는 제우스의 도끼로 트로이를 굴복시켰으니까요. 그 국토를 강타하고 제단과 신전을 재로 만들었습니다. 그리고 온 땅의 싱그러운 새싹들이 시들어 죽었습니다. 이같이 그는 트로이에 치명적인 운명의 멍에를 걸었습니다.

아트레우스의 장남이신 우리 대왕께서 드디어 영예를 듬뿍 안고 돌아오십니다. 지상을 걷는 모든 인간의 모범 되시는 그분. 파리스와 그 도시가 죄의 대가를 치렀지만, 우리가 얻은 대가가 모든 것을 능가한다고 자랑할 수는 없을 겁니다. 파리스는 운명의 심판 앞에 유괴죄를 선고받고 모든 재산은 날아가 버렸습니다. 그의 행위는 자기 집과 국토에 죽음의 수확을 걷게 하고, 그의 죄와 음욕은 이중의 벌을 받고야 말았습니다.

트로이 전장에서 온 전령은 흥분된 어조로 승전보를 고했다. 장로들은 그를 치하하며 여왕의 걱정을 대변하여 말했다.

[수석 장로]

지금 트로이의 상황은 어떠하오? 그리고 우리 병사들의 상태는 어떠하오?

물 한 모금을 마신 전령은 다시 입을 열었다.

[전령]

운명의 여신은 우리에게 미소를 지었습니다. 여러 해 동안 싸우는 가운데서도 기쁜 일도 있었죠. 그중에는 나쁜 결과가 된 것도 있습니다. 하지만 신이 아닌 이상 일생을 통해서 늘 행복할 수만은 없는 노릇이죠. 그런 예는 얼마든지 있습니다. 힘든 노 젓기, 불편한 잠자리, 암벽 때문에 상륙이 곤란한 것, 하루하루의 운명 속에는 고통과 슬픔이 따르게 마련입니다. 특히 육지에서는 고생이 더했죠. 적의 성벽 가까이서 야영할 때는 이슬이 내리고 땅에서 습기가 올라와 온통 옷이 젖지를 않나, 머리는 들짐승 털 모양 뻣뻣해지곤 하죠. 겨울이 돼 보세요. 새도 얼어죽을 정도로 이다 산의 눈이 찬 건 이루 말할 수 없습니다. 그뿐입니까? 여름철 바다가 낮잠을 자노라면 바람 한 점 불지 않고 파도가 잔잔하죠. 그 더위는 말 못합니다.

하지만 지나간 근심을 슬퍼할 필요는 없습니다. 그 고통은 다 지나갔으니까요. 죽은 자들로부터 모든 걱정은 사라지고 다시는 일어나지 않을 겁니다. 그런데 살아남은 우리가 죽은 사람들을 생각하고 불길한 운명을 슬퍼할 필요가 어디 있습니까? 작별입니다. 오랜 고난도 이제는 갔습니다. 살아남은 우리 그리스군에게 과거에 받던 고난보다 행복이 훨씬 많이 찾아옵니다. 그러니 우리는 저기 태양을 향해 자랑해도 좋습니다. 태양처럼 바다와 육지 위를 날며 자랑합시다.

'그리스군은 트로이를 정복했나니, 신전마다 전리품을 바쳤느니라.' 이 소식을 듣는 사람들은 우리 시와 우리의 왕들에게 축복을 드릴 겁니다. 또 이러한 결과를 가져오게 한 제우스에게 감사를 드릴 겁니다. 이제 다 말씀드렸습니다.

수석 장로는 신에게 감사했다.

[수석 장로]

그대의 설명을 들으니 의문이 풀리오. 비록 나이는 먹었으나 기쁜 소식을 받아들일 젊음을 잃지는 않았소. 대왕과 여왕에게 좋은 소식이며 나한테도 기쁜 일이오.

클리타임네스트라가 내실에서 나왔다. 겉보기에 그녀는 전쟁에서의 승리와 남편의 임박한 도착에 기뻐했다.

[클리타임네스트라]

봉화의 사자가 트로이 함락을 알리던 밤, 나는 기쁨의 함성을 올리고 나무람을 들었지. '봉화를 보고 트로이가 함락됐다고 믿으십니까? 여자란 뜬소문을 듣고 쉽사리 감격하는 법'이라고 말이오. 그뿐 아니라 허황한 희망으로 제정신이 아니라는 말까지 들었지. 하지만 난 신전마다 제물을 바쳤다. 그러자 나를 본떠 시중 도처에서 기쁨의 환호성이 오르고 찬양의 노래가 들려왔어. 그들은 신전마다 불을 켜고 불꽃 속에 시들어 가는 향료를 포도주로 꺼버렸지.

만사가 제대로 된 것이오. 그러니 길게 이야기할 필요는 없소. 왕이 돌아오시면 자세히 들을 테니까. 그분을 훌륭하게 환영해야겠소. 여자에

아가멤논이 트로이 전쟁에 출전하기 위해서는 아르테미스의 노여움을 풀어야 했고, 그 대가로 이피게니아를 희생시켜야 했다. 이 사건은 클리타임네스트라에게 큰 충격을 주었고, 그녀는 남편에 대한 배신감에 분노한다. 그 결과 남편 아가멤논이 승리하고 돌아오자 그녀는 복수의 음모를 꾸민다.

게 이보다 더 기쁜 일이 또 어디 있을까. 문을 활짝 열고 신의 가호 아래 승전하고 돌아오는 남편을 기다리는 거지.

내 남편에게 이렇게 전하오. 모두 학수고대하니 빨리 돌아오시라고. 돌아오시면 아내는 그가 출정할 때와 다름없이 집 지키는 개처럼 정절을 지키고 있다는 것을 알게 될 거요. 이 기나긴 세월, 봉인 하나 뜯지 않고 그대로 지켜 의무를 충실히 이행했다고 말씀드리오. 쇳빛이 변하지 않는 것처럼 다른 남자로부터 기쁨이고 욕이고 먹은 일이 없으니까요.

전령은 여왕 앞에 무릎을 꿇었다.

[전령]

지당하신 말씀입니다. 좋으신 분의 말씀, 사실을 자랑삼으시는 것이 옳으신 일입니다.

클리타임네스트라는 남편인 아가멤논보다 자매인 헬레네가 걱정되었다. 전령에게 헬레네의 남편인 메넬라오스의 안위를 물었다.

[클리타임네스트라]

아르고스의 두 번째 용장 메넬라오스 왕께서도 무사히 스파르타로 돌아가셨소?

[전령]

이렇게 기쁜 날 슬픈 이야기를 하는 것은 좋지 않군요. 신들은 근심과는 달리 감사를 드리라고 명령하십니다. 전령 따위가 슬픈 표정을 하고 와서 저주가 내렸다고 말한다면 어떻게 되겠습니까? 군대는 몰살당하고 커다란 상처가 도시의 심장을 뚫고 많은 집에서 선발된 남자가 아레스가 좋아할 이중의 벌, 이중의 창검의 재난을 받아 피의 죽음이 덮쳤다고 한다면, 이러한 슬픈 이야기를 해야 한다면 차라리 악마들을 기쁘게 할 말이나 하는 것이 어울릴 것입니다.

하지만 저는 번영하는 시에 행운의 소식을 전하기 위해서 왔으니까, 어떻게 기쁜 소식에 나쁜 소식을 섞을 수 있겠습니까? 그리스 군대가 만난 폭풍을 신의 노여움 때문이라고 어떻게 말하겠습니까? 옛날부터 상극이었던 불과 바다가 동맹해서 서약을 지키는 증거로 그리스군을 덮친 것입니다. 밤이었습니다. 무서운 파도가 일었죠. 트라키아로부터 바람이 불어와 배가 서로 충돌했습니다. 배는 맹위를 떨치는 질풍 속에서, 몰아치는 비를 받는 파도 속에, 다른 배의 머리와 부딪쳐 얼빠진 양치기에게 쫓기는 양처럼 어디론가 자취를 감추고 말았습니다.

그러나 태양이 비치기 시작했을 때, 에게해의 파도 사이에 익사한 그리스 사람과 난파한 배의 파편이 떠 있었습니다. 우리들의 배가 고스란히 손상을 입지 않은 것은 신이 다른 장소로 살짝 운반해주셨거나 기도해주신 덕택이죠. 구원의 신이 우리 배 위에 앉아 큰 파도와 암벽에 걸리지 않도록 조종해 주신 겁니다. 이래서 우리는 바다 밑에 깔리는 것만은 면했습니다만, 밝은 낮에 이 행운을 믿지 않고 난파와 함대의 파멸을 슬퍼하고 있었습니다.

만일 그들이 살아 있다면 필시 우리가 전멸했으리라 생각할 겁니다. 틀림없이 그럴 겁니다. 하지만 그들도 같은 운명을 만났으리라고 생각합니다. 행운을 믿읍시다. 그러니까 메넬라오스 왕은 무사히 돌아오실 겁니다. 제우스가 아직 이 집을 멸망시키려고 하지 않았기에 메넬라오스 왕이 어디고 살아 계시면 어떻게든 돌아오시겠죠. 이것이 전부입니다. 사실 그대로 끝까지 들으신 거예요.

클리타임네스트라는 전령의 말이 끝나자 내실로 들어갔다. 장로들은 트로이 전쟁이 원인이 된 내력을 알고 있기에 시로서 낭송한다.

[장로들의 송가]

누구의 입에서 예언은 나왔는가?

미래를 내다보고 그녀의 출생 시에 헬레네라고 이름 지은 것은 누구인가?

그녀, 전쟁의 신부이거늘 이 예언은 운명의 힘이 시킨 것인가?

전쟁은 그녀 때문에 일어나고 곱게 짠 신방의 베일을 벗고

제피로스로 배를 돌릴 때 죽음이 위협했네.

미풍이 강하게 일고, 거센 파도 어긋난 용골과 노를 침범하니

그녀 달아난 뱃길을 따라 수많은 군졸 시모이스 기슭에 배를 댔네.

무성한 숲속에 오직 방패와 칼을 지닌 사냥꾼뿐.

하늘의 노여움,

이름에 어울리는 파멸의 신부를 트로이로 보냈음은 그 뜻을 실천함이라.

결혼 찬가가 요란하게 울리자 이를 들은 자들 눈물 흘리네.

은인자중하던 제우스 신도 마침내 모욕당한 신랑과 가정의 오욕을 복수하니,

가장은 이 모욕의 환대를 차마 보지 못했노라.

이제 트로이는 슬픈 노래 부르나니 파리스에게 슬픔과 미움을!

그는 조국의 비운을 불렀거늘! 비탄의 무거운 짐이로다.

이 슬픔 속에 많은 피를 쏟았으되 헛되이 운명을 막았노라.

트로이! 그대는 집안에 어린 사자를 길러 화를 입는 것이니라.

젖을 뗀 새끼도 어미의 보호가 필요하거니

이를 품안에서 고이 키우는 법.

배고프면 손가락을 빨아 그 고통을 어루만지나니

어린 시절에는 귀여운 재롱둥이, 어른에게 기쁨 주네.

시간이 흘러 성장하면 사자처럼 피에 굶주리게 되는 법

모처럼 길러 준 은공을 거역하고 피로써 이를 갚나니

암소의 살은 찢어지고 발톱은 갈라지고

죽이고 또 죽여 피로써 집안을 물들이는 무서운 짐승,

신이 보낸 무서운 존재, 운명과 지옥의 사자.

이와 같이 트로이에 바람 없는 바다와 하늘의 정기인 양
기쁨과 재물의 영상이 사랑의 화살을 달고 나타났네.
사랑의 장미, 그 가시, 신비롭게 영혼을 찌르네.
아, 슬프다! 불행이 파리스 옆에 놓은 운명의 신혼 침상!
노여운 제우스, 복수의 신을 프리아모스의 오만 위에 보냈나니
궁전과 시민에게 이 무슨 저주인가. 혼자 몸 되는 수많은 신부의 눈물이여!

옛날 옛적 전해 오는 말, 인간이 행복을 누리면 자손에게 저주를 가져온다고,
영화를 누린 자에게는 그 자손한테 끝없는 재앙이 온다네.
하지만 나만은 그렇게 생각하지 않네. 사악한 행위는 행복과 부가 아닌 불경스러운 행위, 악은 악을 낳듯이 정의가 깃들인 집안은 정의를 낳느니라.

지난날의 불경과 해묵은 죄는 조만간 때가 오면 새로운 저주를 낳나니
밝은 빛이 어둠의 힘으로 변하고 무서운 강적 악마가 찾아오는 법이라.
검은 아테의 의사를 따라 가족 위에 도사리는 저주받은 오만은
어버이의 낯을 한 죄의 씨!
그러나 정의는 연기 나는 오두막에 밝은 빛을 비치고,
바른길을 걷는 자의 생애에 행복을 가져오네.

더러운 손으로 장식된 집에서 정의의 여신은 시선을 돌리고
사람들이 그릇 찬양하는 부로부터 성스러운 신전으로 다가가
모든 것을 약속된 운명으로 인도하네.

16. 아가멤논의 귀환

《아이스킬로스의 3부작 오레스테이아》

수많은 행렬이 호위하는 가운데 아가멤논 대왕이 전차를 타고 개선하고 있다. 대왕의 병사들은 금과 청동 보물인 전리품을 가지고 뒤를 따랐다. 아가멤논의 전차에는 금 조각상이나 왕좌 또는 훌륭한 청동 갑옷이 보이지 않았다. 그가 전리품으로 가져온 것은 트로이의 미인 왕녀 카산드라였다.

카산드라는 트로이의 프리아모스 왕과 헤카테 왕비 사이에서 태어난 공주였다. 카산드라는 미모로 아폴론의 마음을 사로잡았지만, 사랑에 서툰 아폴론은 예지력을 미끼로 카산드라의 마음을 얻으려 했다. 미래를 내다보는 능력은 신의 영역이므로 신의 계시를 읽어 전달하는 예언자가 되는 것은 인간의 욕망이지만 카산드라는 위대한 신의 사랑을 기만했다. 그녀는 예지력만 받고 아폴론 신의 사랑을 거부하고 말았다. 아폴론은 그녀의 예언을 누구도 믿지 않게 저주를 내렸다. 그 결과 카산드라는 트로이 목마를 성안에 들이면 절대로 안 된다고 절규했지만, 트로이 사람들은 귀기울이지 않았다. 사람들이 목마를 전리품으로 생각하고 성안으로 옮기려고 하자 카산드라는 목마가 가져올 불길한 사태를 예상하고 그들을 만류했지만 아무 소용 없었다.

그리스군은 트로이를 함락하기 위해 기발한 전략을 고안한다. 큰 목마를 만들어 그 안에 전사들을 숨기기로 한다. 이 아이디어는 그리스의 영웅 오디세우스가 제안했다. 카산드라는 트로이 전쟁 중 트로이의 운명에 대해 여러 차례 경고하지만 무시당한다. 그녀는 트로이인들에게 목마의 위험을 경고하지만 그들은 듣지 않는다. 트로이는 함락되고 트로이의 패전으로 끝난다.

트로이가 함락되고 도시가 화염에 휩싸였을 때 카산드라는 신전으로 도망가 아테나 여신상에 매달렸다. 아이아스는 신전까지 쫓아와 아테나 신 따위는 아랑곳하지 않고 카산드라의 머리채를 잡아 끌어내 아테나의 제단에서 겁탈했다. 인간이 신전에서 사랑을 나누면 그 자체로 신성 모독죄이다. 폭력이 더해지면 더 말할 것도 없을 터. 그러나 그리스인들이 이 같은 사실을 알고도 '작은 아이아스'를 벌하지 않자 아테나 여신은 노여움을 드러냈다. 그리스 함대가 고국으로 항해할 때 아테나 여신의 저주가 내렸다. 바다에서 폭풍우를 만난 그리스 함대는 아가멤논의 배를 제외하고 모두 난파당했다.

장로들은 아가멤논의 주위를 물리고 들어와 그가 돌아온 것을 칭송하였다.

[장로들]

트로이를 함락시킨 아트레우스의 아드님이시여, 승전의 귀환을 축하합니다. 이 정복의 영광에 뭐라 말씀드려야겠습니까? 이 감사의 뜻을 표함에 말이 지나치지나 않을까 혹은 말이 부족하지나 않을까 망설여지나이다.

불행한 자는 진실에 개의치 않으나 역시 진실을 찾는 법. 또한 불행한 자에게 겉으로만 정과 연민을 나타내면서도 가슴에서 우러나오지 않는 눈물을 흘리는 줄 압니다. 이와 마찬가지로 남이 기쁠 때 마음에도 없는 미소를 짓게 마련이고 우러나오지 않는 기쁨을 짓게 마련입니다만, 현명한 양치기는 양의 심정을 잘 아는 법. 눈에 나타나는 거짓을 잘못 판단할 리 없고, 속으론 기쁘지 않으면서도 겉으로만 그럴싸하게 보이는 자의 마음을 모르실 리 없을 것입니다.

대왕이시여! 헬레네 때문에 그리스인에게 출전하라고 명령하셨을 때만 해도, 솔직하게 말씀드립니다만, 저는 오해하고 있었나이다. 제 생각에는 대왕께서 저희를 경멸하시는 것 같았습니다. 당신의 뜻대로 다른 사람들을 죽음의 길로 마구 몰아넣으시는 분이라고 생각했습니다. 하지만 이제 승리한 마당에 역시 모든 사람을 위해서 하신 일이라고 생각하지 않을 수 없습니다. 이제 누가 나라에 충성을 다하고 누가 불충했는지를 아시게 될 겁니다.

아가멤논은 그들의 충성심에 감사를 표했다.

[아가멤논]

아르고스를 수호해주신 신께 감사의 말씀을 드려야겠소. 신께서는 나에게 트로이로부터 정의의 권리를 빼앗게 해주시고, 우리를 빨리 고향으로 돌아오게 해주셨소. 하늘의 법정에서 제신은 비밀회의를 열고, 내가 간청하지도 않았는데 심판하시고, 마침내 운명의 항아리 속에 투표하여 만장일치로 이렇게 판결 내리셨소. 트로이와 그 시민에게 사형을 선고하노라!

희망의 손이 용서의 항아리에 접근했으나 아무도 투표하지 않았소. 함락된 트로이에는 지금도 연기가 오르고 있고, 아테나 여신에게 바친 제물의 불길이 살아 있고, 트로이 요새는 잿더미에 묻히고 사라져 가는 영화와 부의 향연이 오르고 있소. 그러므로 우리 인간은 신께 감사하지 않으면 아니 되오. 정녕 우리의 손, 복수의 그물이 먹이를 사로잡았소. 한 여자 때문에 트로이는 아르고스의 괴물에 밟히고 만 것이오. 갑옷으로 무장한 말이 플레이아데스 별이 지는 가을, 그들의 성벽을 뛰어넘은 것이오. 그렇소, 걸신들린 사자가 성벽을 뛰어넘어 왕자들의 피를 빤 것이오.

신에 관한 이야기는 이쯤 해두고, 그대들이 지금 이야기한 여러 가지 일에 대해서는 나도 고맙게 생각하오. 다른 사람이 영광의 절정에 있을 때 시기하지 않고 사랑으로써 칭송할 줄 아는 사람이란 극히 드문 법이니까. 시기에 사로잡힌 가슴속에는 독기가 스며 심장을 더욱 무겁게 하는 법이니 그 고통 속에서 더욱 괴로워하여 남이 잘되는 것을 보고 탄식하게 마련이오. 이는 허튼소리가 아니라 확실한 경험에서 하는 말이오.

지극한 충성을 자랑하는 사람은 죽어버린 우정의 유령에 불과하오. 거울에 비친 그림자여서 진실이란 없소. 오직 한 사람, 오디세우스는 마지못해 나와 같이 바다를 건넜소만 굳센 힘으로 나에게 충성을 다했소. 내 전차를 끄는 믿음직한 말과도 같았소. 그러나 그의 생사를 나는 모르오. 그는 훌륭한 무사요. 끝으로, 시민들이나 신에 관한 일은 회의를 열어 의논 끝에 결정하기로 합시다. 그리고 현재의 좋은 것은 앞으로도 지속시키도록 합시다. 또 구제책이 필요한 것은 잘 가려서 시기에 알맞은 방법을 씁시다.

이제 궁으로 들어가 신전 앞에 경배 드려야겠소. 내가 출전한 것이나 무사히 돌아오게 된 것도 신의 가호 덕분이었으니까. 승리가 길이길이 머물러 있기를!

이때 클리타임네스트라가 궁전으로부터 나온다. 그녀의 뒤를 시녀들이 다홍빛 비단 천을 들고 따르고 있다. 클리타임네스트라는 환영식 자리에서 남편이 없는 여인의 고뇌가 강렬하고 끔찍했는지에 대해 말한다.

[클리타임네스트라]

아르고스의 노장들이여, 우리 왕국의 시민들, 남편에 대한 내 사랑을 떳떳이 말할 수 있다고 생각해요. 그런 수줍음은 마침내 사람의 마음으로부터 사라지는 법이오. 다른 사람의 입이 아니라 나 스스로 지금까지 지내 온 일을 말하겠어요. 남편이 트로이를 포위하고 있던 기나긴 여러 해 동안 얼마나 재미없는 나날을 보내왔는가를 털어놓겠어요.

첫째로, 아내가 남편과 떨어져 독수공방한다는 것은 쓰라린 일입니다. 그뿐인가요, 사람마다 불길한 소문을 퍼뜨리니까요. 오는 사람마다 불길한 기별을 가져와 온통 전멸했다고 비명을 올리는 거예요. 각양각색의 소문처럼 내 남편이 많은 상처를 입었다면 그 상처야말로 그물보다도 많은 구멍이 났을 게 아니겠어요? 남편이 죽었다는 소식이 들려왔지만 진짜로 전사했다면 게리온처럼 몸이 셋이 있어서 세 벌의 옷을 입고 지하에 누워 있을 테니까요. 세 번 죽은 거나 마찬가지죠. 이런 슬픈 소식을 듣고 나는 미칠 지경이 되어 목을 매려고 한 것이 한두 번이 아니었어요. 다른 사람들이 내 목에서 밧줄을 강제로 벗겨버렸으니 망정이지,

이래서 오레스테스는 집을 떠나고 말았어요. 그 애야말로 우리 백년가약의 상징이죠. 놀라실 건 없어요. 포키스의 왕 스트로피오스가 잘 기르고 있으니까요. 그분은 날 보고 이렇게 말했죠.

"어떤 상서롭지 못한 결과가 될지 모릅니다. 부군께서는 트로이에서 어찌 되실지 알 수 없고 여기서도 원로원을 없애라고 반란을 일으킬지 모릅니다. 세상이란 쓰러진 사람을 더 세게 밟는 법이니까요." 이렇게 말하더군요. 그러니 오레스테스가 출타한 데 대해서는 제 말을 믿으세요. 다른 생각이 있던 것은 아니니까요.

저는 눈물을 너무나 흘렸기 때문에 이제는 다 말라버렸어요. 나올 게 있어야죠. 꼬박 밤을 새우고 새벽까지 뜬눈으로 지내니까 시력도 나빠졌죠. 밤마다 행여 당신이 돌아오신다는 봉화가 오르기를 기다리면서 운 걸요. 설사 잠이 들어도 각다귀 날개 소리에 잠이 깨곤 했죠. 당신이 칼에 맞는 방정맞은 꿈을 잠깐 동안에도 세 번씩이나 꾸었어요. 이런 걸 저는 다 참아왔어요. 이제 모든 근심은 사라졌어요. 당신이 돌아오셨으니까요.

당신은 마치 우리를 지키는 개와도 같으세요. 태풍에 쓰러지는 배를 붙잡아 매어놓은 밧줄 같고 높은 지붕을 버티고 있는 튼튼한 기둥 같고, 살아남은 외아들 같으세요. 난파한 선원이 절망 끝에 발견한 육지 같고 태풍이 지나간 뒤 따사로운 햇볕 같고, 목마른 길손이 용솟음치는 샘을 만난 것 같이 그런 고통이 지나갔다고 생각하면 기쁘기 한이 없어요. 정말 당신은 잘 돌아오셨어요. 그렇다고 하늘이 질투하시면 안 되죠. 저는 너무도 오랫동안 어려움을 견뎌 왔으니까요.

자, 내려오세요. 그만 전차에서 내려오세요. 하지만 트로이를 밟던 자랑스러운 발로 흙을 밟으시면 안 돼요. 여봐라, 왜 그러고들 있지? 어서 비단을 깔아라. 빨리빨리. 자줏빛 길을 만들어라. 정의의 신이 돌아오시리라고는 생각지도 못하셨던 궁전으로 안내해 드리는 거야. 이제 남은 일은 악몽에 사로잡히지 않고 신께서 명령하시는 대로 바르고 옳게 해나가면 돼요.

클리타임네스트라의 시녀들은 붉은 카펫을 깔기 바쁘다. 여왕의 언변에 아가멤논은 답변하지 않을 수 없어 입을 열었다.

[아가멤논]

레다의 딸, 내 궁궐의 수호신. 내 궁궐을 비운 지도 오래됐지만, 당신의 인사도 꽤 길구려. 끝날 줄 모르니 말이오. 나를 찬양하는 말이라면 아내가 아닌 다른 사람들 입에서 나와야겠소. 군사의 길을 화려하게 하는 것은 너무나 여성적이오. 내가 어디 동방의 군주요? 몸을 굽히고 큰소리로 칭송하니 말이오. 비단은 깔지 말아요. 내 자신이 오만하게 보일 것이오. 이런 화려한 예의는 신께나 어울리는 일이요. 인간이 어찌 이러한 훌륭한 비단을 밟겠소? 나는 호화스러운 것이 두렵소. 신이 아니니까 인간으로 대접해 줘요. 비단이나 찬란한 의식이 아니라도 내 명예에는 손상이 없소. 영광스러운 시간에도 분별을 지키는 것이 하늘이 주신 최선의 선물이오. 저 격언을 생각해 보구려. '행복한 일생을 평화로운 죽음으로 장식하는 자만이 축복받은 자니라.' 마음 편히 내 운명을 걸어가고 싶소.

아가멤논의 말에도 클리타임네스트라는 고집을 부렸다.

[클리타임네스트라]
그러지 마세요. 제 뜻을 거절하시면 안 돼요.

[아가멤논]
내 말대로 하시오. 맞서지 말고.

[클리타임네스트라]
겁이 나서 신을 공경하시는 건가요?

한 치도 물러서지 않는 클리타임네스트라의 항변에 오히려 장로들이 어쩔 줄 몰랐다. 아가멤논은 다시 여왕을 향해 입을 열었다.

[아가멤논]
이유가 있어서 그렇게 결심한 거요. 내 말을 따르시오.

[클리타임네스트라]
만일 트로이군이 이겼다면 어떻게 했겠어요?

[아가멤논]
틀림없이 자수를 놓은 비단 위를 걸었겠지. 하지만 민중의 소리는 큰

힘을 지니고 있소.

[클리타임네스트라]

남이 어쩐다고 겁내실 것 없지 않아요? 시기를 겁낼 필요는 없어요. 마땅히 받을 축복인데요.

아가멤논은 더 거친 목소리로 말한다.

[아가멤논]

여자가 전쟁에 대해서 이러고저러고 하지 마오. 기어코 말씨름에 이기고 싶소?

[클리타임네스트라]

그래요. 제가 하자는 대로 해주세요.

도무지 끝나지 않을 것 같은 말씨름에 아가멤논은 장화를 벗고 전차에서 내렸다. 그 뒤에는 아폴론의 신성한 여사제 옷을 입은 트로이 공주 카산드라가 따랐다. 아가멤논은 그녀를 자랑스럽게 보이면서 클리타임네스트라에게 말했다.

[아가멤논]

당신 소원이라면 좋소. 누구건 이 장화를 빨리 벗기도록 하오. 이건 흙을 밟을 때 신는 거니까. 그렇게 안 하면 저 높은 곳에서 신들이 내려다보고 질투에 불탄 나머지 자줏빛 비단 위를 걷는 것을 징벌할지도 모르지. 은으로 산 비단을 흙발로 더럽혀 재물을 낭비한다는 것은 있을 수 없는 일이오. 이제 됐소. 그런데 이 이국의 처녀를 안으로 데리고 들어가오. 친절하게 대하시오. 높은 곳에 계신 신은 승리한 시간에도 잔인하지 않은 자에게 온정을 베푸시는 법이오. 자진해서 노예의 굴레를 쓸 사람이 어디 있겠소. 이 처녀는 우리가 싸워서 얻은 모든 것 중에서 최고의 꽃이오. 총사령관인 나에게 바쳐진 전쟁의 선물로서 나를 따라온 것이오. 그럼 당신 소원대로 자줏빛 비단을 밟고 궁전으로 들어가겠소.

클리타임네스트라는 카산드라가 눈에 밟혔다. 하지만 지금은 만인들 앞에 승리한 대왕을 꺾은 또 다른 승리자로 자신을 대변했다.

[클리타임네스트라]

저기 바다, 그 바다의 큰 물결을 누가 막을 수 있겠어요? 그 깊숙한 곳에 은처럼 고귀한 비단을 얼마든지 있는데요. 이 비단 정도는 얼마든지 새로 할 수 있어요. 궁 안에 그런 정도의 여유는 충분하니까요. 당신이 무사하게 돌아오실 수 있도록 신께 무엇을 바쳐야 할까 생각했을 때 신탁의 명령이라면 수천 필의 비단이라도 밟겠다고 맹세했을 거예요. 뿌리가 든든할 땐 잎이 뻗어 그늘을 펼쳐 천랑성의 열을 식힐 거예요. 당신이 집안의 화롯가에 돌아오시면 엄동설한에도 따뜻하고, 제우스가 쓰디쓴 포도를 달콤한 술로 만들 때도 가장이 돌아오면 집안이 서늘해지는 법이죠. 오! 제우스여, 만물을 주관하시는 제우스 신이시여, 제 소원을 들어주소서. 그리고 무슨 일이건 당신의 뜻대로 이루어지기를….

아가멤논이 카산드라를 남겨두고 클리타임네스트라를 따라 궁전으로 들어가자 그동안 숨죽여 이 모습을 본 장로들은 막혔던 입을 풀 듯 걱정스럽게 대화를 나누었다. 그들은 왕이 돌아왔다는 사실에 기뻐했지만, 여전히 불길한 예감이 그들이 낭송한 시에 드리워져 있었다.

[장로들의 송가]

어찌하여 공포의 날개를 달고 서글픈 환영이
설레는 심장 앞에 어른거리는 것일까.
칭하지도 않고 반갑지 않은 긴장이 고통의 예언자인 양
내 귓전에 진동하는구나.
지난날처럼 신념이 내 가슴의 왕좌에 앉아
분간하기 어려운 꿈과 같은 공포를 물리쳐주지도 않는구나.
함대가 트로이로 향할 때,
모래 기슭에 닻줄을 내렸던 것도 이미 오랜 이야기.
이제 난 바로 이 눈으로
함대가 무사히 돌아온 것을 보아 알고 있네.
하지만 이 가슴속 영혼은 불길한 노래를 마주 부르나니,
이는 복수의 신의 슬픈 가락이라.
하지만 굳센 희망을 찾음도 허사로다.

아, 이 심장의 거친 고동은,
보이지 않고 측정할 수 없는 운명의 계략 때문.
앞날의 슬픈 사연을 말하는 것이리라.
맥박마다 애도의 종소리니
차라리 저 숨겨진 불모의 왕국으로 삼라만상이 몰락하고 지고.

아무리 건강한 몸일지라도 한계가 있는 법.
담 너머 옆집에 병고가 기다리나니.
또한 인생이 행운 일로를 걸어가면 숨겨진 암초에서 발을 건지고
쌓아 올린 재화도 서먹한 주의에 일침을 가하여
눈썰미 있게 짐을 내리면
지나친 부로 인한 집집마다의 몰락을 막고
또한 그 배도 침몰하지 않는 법.
제우스의 선물은 풍성하거늘
연년세세 풍작의 전답에서 굶주림의 병마를 쫓아버리네.

하지만 일단 발 앞에 뿌려진 피, 평원을 검게 물들이면
노래와 마술인들 제자리로 부를 수 있으랴.
설사 마음씨 바른 자라 할지라도 죽은 자들 속에서 데려오는 것은
후환이 없도록 제우스가 막는 것.
그런즉 이미 정해진 운명이 나에게 결정된 몫을 억누르고
여분의 이익을 허용하지 않는 것이 아니라면

내 마음은 내 혀를 앞질러 이 불안한 예감을 털어놓으련만.
하지만 이제 어둠 속에 가슴 죄며
제때 처리할 것도 바랄 수 없이 속 태우며 중얼거릴 뿐.

잠시 후 클리타임네스트라가 궁전에서 다시 나타나 전차에 탄 채 꼼짝하지 않는 카산드라를 향한다.

[클리타임네스트라]

너도 안으로 들어가라, 카산드라. 제우스 신께서 너에게 자비를 베푸시고 제사에 참석하게 하셨다. 다른 노예들과 같이 제단 옆에 서게 해주셨단 말이다. 거만하게 굴지 말고 전차에서 내려와. 알크메네의 아들도 한때는 노예 신세가 되어 하인들이 먹는 조죽을 꾹꾹 참고 마셨지. 어차피 이런 운명이 될 바엔 금력과 권력이 있는 훌륭한 가문에서 시중들게 된 것이 천만다행 아니냐. 그런데 벼락부자가 된 사람이란 하인들에게 무자비하고 가혹한 처우를 하게 마련이지. 여기 대우가 어떻다는 건 들었겠지.

클리타임네스트라의 말을 받아 옆에 있던 수석 장로가 끼어들었다.

[수석 장로]

당신에게 하는 말씀이오. 지금 똑똑히 듣지 않았소? 운명의 그물에 갇힌 이상 듣는 것이 좋을 거요. 듣고 싶지 않은 거요? 순종해요. 그러는 것이 상책이오. 그 자리에서 내려와 따라가시오.

카산드라가 미동도 하지 않자 클리타임네스트라는 재촉했다.

[클리타임네스트라]

밖에서 이러고 기다릴 시간이 없어. 집안에선 제단에 모여 제물이 바쳐지기를 기다리고 있다니까. 생각이 있거든 빨리 서두르란 말이야. 아직도 내 말을 못 알아듣겠거든 눈치로 알아듣거라.

확실히 이상한 것 같아. 얼떨떨한 모양이야. 점령당한 곳을 떠나온 지 얼마 안 되니까 아직 재갈 물리는 걸 모르는 모양이지. 피거품 속에 분노를 터뜨릴 때까지는, 아니, 이 이상 말을 하지 말아야지. 이쪽의 망신이니까.

[수석 장로]

통역 없이는 알아듣지 못할 것 같습니다. 꼭 금방 잡힌 야수처럼 움츠러들지 않습니까? 우리는 그대를 측은하게 생각하기 때문에 화를 내지는 않겠소. 어서 전차에서 내려와요. 운명은 피할 수 없는 것이오. 그러니 굴종을 거부할 수는 없소.

클리타임네스트라 꼼짝하지 않는 카산드라의 모습에 화를 내고는 궁전으로 돌아갔다. 여왕이 돌아가자 카산드라는 처음으로 입을 열었다.

[카산드라]

아! 슬프다. 대지여! 그리고 아폴론, 아폴론! 모든 길의 신, 나의 아폴론이시여. 아! 저를 어디로 데려오셨나이까?

[수석 장로]

아트레우스 궁전이오. 그것을 모른다면 가르쳐주리다. 설마 거짓말이라고는 하지 않을 테지.

카산드라는 수석 장로의 말에 놀랐다.

[카산드라]

아! 하지만 신의 미움을 받은 집, 얼마나 악한 짓을 많이 했나. 혈육 상잔에 목을 베고 수많은 사람을 학살하는 집, 땅에 피를 뿌리는 흉가. 죽으며 울부짖는 어린애들, 불에 탄 살덩이를 아비에게 먹이는 광경. 아! 이 무슨 일을, 무슨 음모를 꾸미고 있을까? 이제 또 무슨 잔인한 짓을 이 집안에서 꾸미고 있는 것일까? 혈육 간에 참을 수 없는 일, 끔찍한 일을. 구원의 길은 저 멀리 떨어져 있건만.

[수석 장로]

지금 예언하는 것은 나도 전혀 알 수 없지만, 아까 한 말은 잘 알고 있소. 그건 방방곡곡에서 떠드는 말이니까.

[카산드라]

정말 지독한 여자지. 그런 일을 하려고 하다니. 동침하는 남편, 목욕물로 깨끗이 씻긴 낭군, 그 종말은 말할 수 없어. 금방이라도 종말이 날 테지만. 이제 치고 또 치고 그를 칠 테지.

전리품이 된 공주 카산드라는 일련의 어두운 예언을 시작했다. 그녀는 자신이 끔찍한 곳에 있다는 것을 알았고 그곳에서 끔찍한 일이 계속 일어날 것임을 알았다. 그녀의 환상은 끔찍했고, 그 절정에서 카산드라는 그물을 휘두르는 여자의 형상과 황소의 검은 뿔로 죽음을 당한 것 같은 살해당한 남자의 형상을 보았다. 장로들은 이러한 환상을 이해할 수 없었고 그녀가 미쳤다고 생각했다. 카산드라는 울면서 가족, 즉 그녀의 존경받는 늙은 아버지 프리아모스의 희생, 불타는 도시 트로이의 마지막 불씨에 대한 환상을 보았다. 그녀는 무서운 생물들이 아가멤논 궁전의 지붕 꼭대기를 기어다니며 다가올 무서운 일들에 대비하는 환상을 보았다.

수석 장로는 계속되는 카산드라의 예언을 대수롭지 않게 여겼으나 이제는 그녀가 어느 신으로부터 저주받고 있다고 궁금해한다.

[수석 장로]

이토록 계속 예언을 하나 이는 틀림없이 어느 신이 그대를 저주하여 맹렬한 힘에 몰려 사람의 죽음을 전하는 탄식의 만가(挽歌)를 부르게 하

• 카산드라는 아폴로 신으로부터 예언의 능력을 부여받았다. 아폴로의 사랑을 거절하자 그는 그녀의 예언이 믿기지 않게 저주한다. 그녀는 진실을 예언할 수 있지만 아무도 그녀의 말을 믿지 않게 된다. 트로이가 함락된 후 카산드라는 아가멤논의 포로가 된다. 아가멤논의 아내가 되지만 집안의 비극적인 운명과 복수의 순환 속에서 큰 고통을 겪는다.

는 것일 테지. 그러나 우리는 알 수 없는 일.

이때 카산드라가 전차에서 내려와 장로들에게 다가가 말한다.

[카산드라]

내 예언은 결혼식을 막 올린 신부가 면사포 사이로 흘긋 보는 것이 아니오, 아침 해가 뜰 무렵 이는 바람처럼 힘차게 나타나는 것이오. 그것은 마치 파도를 보듯이 광명을 향하고 훨씬 큰 재앙을 밀어오겠죠. 이번엔 수수께끼 같은 말은 안 하겠어요. 자, 여러분도 따라오세요. 옛날부터 있었던 악행의 자국을 내가 코로 맡는 데 증인이 되어주세요.

노래를 모으는 가무단이 한시도 이 집을 떠나지 않고 있어요. 그나마 듣기 좋은 것도 아니거든요. 송가가 아니니까요. 인간의 피에 굶주린 무리가 이 집안에 있어요. 내쫓을 수도 없죠. 복수의 여신이 방마다 붙어 자신들의 노래를 바치고 있어요. 우선 처음에 범한 죄를 그리고 순서대로 힐책해가죠. 형제의 침실을 범한 자를 향해서는 증오를 가지고, 내가 잘못 맞혔을까요? 혹은 활 쏘는 사람 모양 과녁을 맞혔나요? 그렇잖으면 집집마다 찾아다니는 가짜 점쟁이일까요? 증거를 대세요. 우선 맹세하시고, 내가 옛날부터의 이 집안의 죄과를 잘 모른다는 것을.

[수석 장로]

진정 이상한 일, 바다 저쪽에서 자란 그대가 다른 나라 수도 이야기를 그대로 맞히다니. 마치 그때 그 장소에 있었던 것처럼. 어느 신과 소통하는 것이오?

[카산드라]
예언의 신 아폴론이 이러한 임무를 주신 거죠.

[장로들]
혹시 아폴론 신이 연모의 정에 사로잡히기라도 한 것 아니오?

[카산드라]
그런 걸 수치로 생각한 건 옛날이야기요.

카산드라는 아폴론으로부터 사랑받았지만, 아이 낳기를 거부하자 선물을 받았다고 말했다. 그녀는 미래를 볼 수 있었고 다른 사람들에게 그녀의 예언을 이야기했지만 사람들은 믿지 않았다. 그녀는 이 설명을 또 다른 환상으로 따랐다. 카산드라의 환상은 그녀의 말에서 분명해진다.

[카산드라]
아, 이 슬픈 심정. 다시 무서운 신탁의 괴로움이 나를 마구 잡아 흔드는구나. 아. 저기를 보세요. 저 집 앞에 앉아 있는 어린 것들, 꿈에 보는 물건의 형태와도 같은… 친척에게 살해된 애들 같군요. 두 손에 잔뜩 고기를 들고, 그것도 자기의 고기를 먹으라고, 내장까지 같이….
그걸 아버지가 먹었죠. 그 결과로 누군가가 복수를 계획하고 있어요.

확실히 집을 지키던 사자 같군요, 돌아오는 주인을 대비하는, 바로 내 주인 말이에요. 노예의 신분을 벗어날 수는 없죠. 그런데 함대의 사령관, 트로이를 멸망시킨 그분은 모르고 계신 거예요. 밉살맞은 암캐의 혓바닥이 어떻게 기쁨에 빛나는 마음으로 책략을 꾸미는 재앙의 신 모양 지껄여대고 무슨 나쁜 짓을 준비하는지 모르시는 거죠.

이 얼마나 끔찍한 일인가요? 여자의 몸으로 남편을 죽이다니. 정말이지 어떤 더러운 짐승의 이름이 어울릴까요? 쌍두의 뱀이라고 할까, 뱃사람들을 잡아먹는다는 바위틈에 사는 여귀(癘鬼) 스킬라라고 할까, 지옥의 마녀인가? 혈육 간에 무자비한 싸움을 걸어오다니. 이 무슨 복수의 환호 소리, 이렇듯 못된 여인이 승전하고 귀국한 남편을 환영하는 것처럼 보이다니. 하지만 이 말을 믿건 안 믿건 상관없어요. 올 것은 오고야 마니까요. 정말 당신 자신이, 바로 이 자리에서 지나치게 사실 이상의 예언이었다고 말씀하시게 될 거예요.

[수석 장로]

저 티에스테스가 받은 향연, 거기서 자기 자식들의 고기를 먹은 이야기는 몸서리쳐지는 이야기요. 듣기만 해도 무서워지는구려. 거짓 없는 사실이니까. 하지만 다른 이야기는 짐작이 가지 않소.

[카산드라]

아가멤논의 최후를 보시게 될 거라는 말씀입니다.

[장로들]

이보시오, 그런 불길한 말은 삼가요.

카산드라는 몸을 부르르 떨며 말을 쏟아냈다.

[카산드라]

아, 저 불길을 봐요. 이쪽으로 향하고 있군요. 이를 어쩌나요, 아폴론 님. 저기 두 발 달린 암사자가 늑대하고 같이 누워 있어요. 훌륭한 태생의 수사자가 집을 비운 사이에. 그래서 이 비참한 저를 죽이는 거예요. 약을 만드는 데 나까지 입에 넣으려는 거죠. 살인의 칼날을 갈면서 나를 데리고 온 그 원수를 죽인다고 공언하고 있어요. 뭣 때문에 우스꽝스럽게 이런 것을 몸에 지니고 있어야 하나요? 이 지팡이와 무당이 목에 거는 이 털방울. 이것들을 내가 죽기 전에 엉망으로 만들겠어. 다 망가져라. 이렇게 팽개쳐버릴 테니. 다른 여자를 나 대신 불행으로 채우렴.

자, 봐요. 아폴론께서 손수 나한테서 예언의 옷을 벗기시는 거예요. 이 따위 장식을 몸에 걸치고 조롱당하는 것을 실컷 보시고 나서, 이편과 적이 다 같이 조소했겠다, 마치 잘 곳도 없는 떠돌이나 거지처럼 아사 상태에 빠진 비참한 존재로 보였지만 난 참았어요. 그런데다 이번에는 그 예언의 신이 나의 예언의 임무도 그만이라고 이같이 죽음의 운명으로 나를 이끄신 거예요. 그래서 조상 때부터의 제단 대신 사형대가 기다리고 있어요. 그때는 장례 전 제물로 처형당한 내 뜨거운 피로 빨갛게 물들겠죠. 하지만 그렇다고 하더라도 신들이 돌보지 않는 죽음을 당하는 것은 아닙니다. 이번엔 우리 원수를 갚는 다른 사람들이 오겠죠. 어미를 죽일 운명을 타고난 아들, 아비의 원수를 갚는 사람이 고향을 떠나 타국을 방랑하다가 돌아올 거예요. 집안사람들에게 현재의 죄업을 끝마치기 위해서. 그 사람을 부르는 것은 살해당한 부왕의 청원입니다. 하지만 뭣 때문에 내가 소심하게 이런 비탄에 빠지겠어요? 애초에 일리온의 수도가 그런 처참한 상태에 빠진 것을 본 이상, 또 점령자들이 신들의 심판으로 이러한 최후를 거두게 되는 바엔 나도 자진해서 그런 꼴을 당하고 죽음을 감당하겠어요. 저기 있는 문을 황천궁의 문으로 알고 절하겠어요. 내 소원은 한칼에 죽어 버둥대지도 않고 편안히 눈을 감고 싶은 거예요.

[수석 장로]
아, 가엾어라. 그대의 이야기 영특하오만 진실로 자신의 종말을 안다면 어찌하여 신 앞으로 몰려가는 소처럼, 겁도 없이 궁전 안의 제단으로 향하오?

카산드라가 궁전을 향해 발길을 돌리며 말했다.

[카산드라]
이제는 어찌할 도리가 없어요. 그날이 온 거죠. 도망친다고 해도 소용없어요.

카산드라가 궁전 안으로 들어가고 문이 굳게 닫히더니 얼마간의 시간이 흘렀다.

궁전 안에서 끔찍한 소란이 들려왔다. 장로들은 아가멤논 왕이 비명을 지르는 소리를 들었다. 장로들 사이에 혼란이 일어났다. 어떤 사람들은 경비병을 소환하여 궁전으로 보내야 한다고 제안했다. 다른 사람들은 새로운 통치자들이 아르고스 땅에 들어올지도 모른다는 사실에 당황했다. 그러는 사이 궁전 문이 열렸다. 궁전 문턱에서 클리타임네스트라는 은색 가마솥 옆에 서 있었다. 가마솥에는 피 묻은 옷에 싸인 아가멤논의 유해가 들어 있었다. 살해당한 카산드라는 여왕의 은색 가마솥 반대편에 누워 있었다. 클리타임네스트라 여왕은 위풍당당하게 장로들에 다가가 긴 연설을 시작했다.

[클리타임네스트라]

당신들은 아까 내가 마음 내키는 대로 한 긴 이야기를 들었죠. 이제 내가 그 정반대의 이야기를 한다 해도 수치라고는 생각하지 않아요. 이상할 것도 없지. 적을 해치울 방법을 강구할 때는 그 적이 내 편인 체하고, 재앙의 함정을 뛰어넘어 달아나지 못하도록 운명의 그물을 쳐야 하니까요. 이것은 오래전부터 신중히 생각해 온 거예요. 뒤늦게나마 실천에 옮긴 것뿐.

그를 해치운 자리에 나는 서 있어요. 내가 수행한 일을 앞에 두고 있는 거죠. 바로 이렇게 했어요. 나는 숨기지 않겠어. 달아날 수도 죽음의 운명을 막을 수도 없게 피할 수 없는 그물을 쳤어요. 마치 물고기를 잡듯

아가멤논이 귀국한 후 클리타임네스트라는 그의 귀환을 축하하는 듯 보이며 환영하지만, 그를 죽일 음모를 꾸미고 있었다. 그녀는 아가멤논이 자녀를 희생한 것에 복수를 다짐하고, 귀환을 축하하는 자리에서 살해하기로 한다. 이 사건은 비극적인 복수의 연쇄를 시작하게 된다.

이 휙 펼치고 이 사람을 두 번 쳤어요. 그랬더니 두 번 신음하고 그대로 쓰러졌죠. 쓰러진데다 뒤이어 세 번째로 내리쳤어요. 죽은 자를 보호하는 황천의 신에게 바친 거예요. 이 사람은 쓰러져 최후의 숨을 거둔 것이죠. 그때 칼자국 구멍에서 시뻘건 피를 내 몸에 내뿜었지만 나는 기뻤어요. 하늘이 내려주는 자비로운 비를 받아 기뻐하는 껍질 속의 통통한 보리알처럼.

여기 모인 아르고스의 노인장들은 기뻐해 주시오. 나는 내가 잘했다고 생각하니까. 하지만 시체를 향해서 술잔을 들 수 있다면 더욱 좋겠어요. 더 말할 나위 없이 좋은 일이죠. 수없는 재앙의 저주를, 이 사람은 대궐 안에서 술잔에 채워놓고 귀국해서 자신이 마셔버렸으니까요.

수석 장로는 충격을 받아 겨우 입을 열었다.

[수석 장로]

그 말씀 놀라울 뿐이오. 대담도 하십니다. 부군에 대해서 그런 말씀을 하실 수 있다니.

클리타임네스트라의 한 손에는 여전히 날카로운 도끼가 들려 있었다.

[클리타임네스트라]

당신들은 나를 지각 없는 여자라고 업신여겨 시험해 보려고 하는군요. 그래도 나는 공포를 모르는 마음으로 알 만한 사람에게 말하겠어요. 찬

성하건 비난하건 마찬가지예요. 자, 이것이 내 남편이었던 아가멤논 님. 하지만 이젠 시체예요. 내 오른팔의 힘에 의해 인생의 끝장을 본 셈이죠. 정의의 조화죠. 자, 보세요.

수석 장로는 부르르 몸을 떨었다.

[수석 장로]

아, 악독한 여인, 흙에서 솟아난 독초. 아니면 파도 속에서 따 온 독즙을 마신 듯 당신은 이토록 난폭한 짓을 하시고 원성을 들으시다니. 시민들이 증오하는 대상으로 당신은 이 나라에서 추방되리라.

[클리타임네스트라]

이젠 나를 여기서 추방하겠다는 것이오? 시민의 증오와 민중의 저주를 받으라는 거지? 지난번엔 여기 있는 남편에게 일언반구 반대도 하지 않더니. 이 사람은 어여쁜 딸을 속죄양으로 바쳤소. 내 배에 진통을 일으킨, 무엇에도 비길 수 없는 딸을 몰아치는 트라키아의 태풍을 가라앉히기 위해서 바쳤을 때 당신들은 잠자코 있었어. 당신들은 이 사람을 이 나라에서 추방해야 했소. 신을 모독한 죄로. 그런데도 내가 한 일에 대해서는 엄격한 재판관이 되겠다는 것이오. 그렇지만 그런 위협은 나도 각오한 바이오. 당신이 이기거든 나를 지배하오. 그러나 신이 반대의 결과를 만든다면 당신은 늦었을지 모르지만 겸손이라는 걸 알게 될 것이오. 이번에 내가 결정한 이야기를 들으시오. 나는 이 사람을 아테(그리스 신화에

나오는 재앙의 여신)와 복수 여신의 희생물로 만들었지만, 그들 덕택으로 내가 딸의 원한을 풀었다고 해서 공포의 복도를 걸어야만 한다고는 생각하지 않소. 아이기스토스가 가마솥의 불을 꺼뜨리지 않는 한 전부터 나를 위해서 애써준 분이니까, 우리에겐 적지 않은 신뢰의 방패요.

아내를 욕되게 한 자는 이렇게 쓰러져 있소. 트로이 성벽 아래서 크리세이스들을 농락한 자는 여기 누워 있소. 그의 여자 노예도 여기 쓰러져 있소. 이 여자는 육지에서는 침실 상대가 되었고, 배 위에서는 나란히 앉아 있었소. 둘 다 벌을 받았소. 남자는 이런 꼴로, 여자는 최후의 비가를 부르고 그 옆자리에 정답게 누워 있소. 이제 내 잠자리에는 두려움을 모르는 감미로운 기쁨이 남았을 뿐이오.

아르고스의 장로들은 충격을 받았다. 그들은 클리타임네스트라가 그녀의 살인에 대해 기뻐한다는 사실을 믿을 수 없었다. 그들 중 한 명은 그녀가 신성한 분노 같다고 말했다. 그리고 클리타임네스트라는 정말로 영이 그녀를 사로잡아 살인을 저질렀다고 말한다.

[수석 장로]

아, 어떤 죽음이 재빨리 와줄 것인가. 괴로움도 없이 병석에 오래 눕지도 않고 우리에겐 영원한 잠을 변함없이 선사하는 죽음이. 이제 여자의 손으로 마지막 숨을 거두시다니. 아, 헬레네여, 그대는 미쳤는가? 그대는 혼자서 수많은 인명을 트로이 성벽 밑에서 멸망케 하였다. 이제 모든 사람의 왕의 피로 물들어 누웠나니, 정녕 이 궁전 안에는 상극의 싸움이 있어 부군의 파멸을 초래했거늘.

클리타임네스트라는 이제 여유롭게 이야기하기 시작한다.

[클리타임네스트라]

진정해요. 죽음의 운명을 찾아 기도하지 말아요. 또한 헬레네에게 노여움을 보내지 말아요. 남자를 파멸시키는 그 여인이 혼자서 수많은 남성의 생명을 빼앗고 돌이킬 수 없는 슬픔을 만든 것도 아닐 텐데.

[수석 장로]

악마의 혈족 탄탈로스의 후손에게 덮친 악마여. 여자를 통하여 우리 마음에 감내할 수 없는 무용을 과시하고 우리 심장을 깨무는 악마여. 정의를 비웃듯 그의 시체 옆에 서서 까마귀인 양 이 여인은 기뻐 날뛰며 찬가를 부르오.

[클리타임네스트라]

드디어 당신들은 심판을 달리했군요. 이 가문에 깃든 세 곱이나 큰 악마를 부르는 건 옳아요. 그것 때문에 피를 빨려는 탐욕이 움튼 것이니까요. 묵은 슬픔이 끝나기 전에 새로운 유혈이 있었던 것이에요.

장로들은 클리타임네스트라를 향해 원성의 송가를 부른다.

[장로들의 송가]

당신이 이 궁궐 안의 노여운 악마를 말씀하시거늘
아, 끝까지 혹독한 재난을 칭송하는 말!
아, 슬프도다. 제우스의 계략!
제우스는 만사에 전능하나니
인간의 일 제우스의 관련 없이
이룩된 것은 없는 법.
이렇게 하늘의 지배를 받지 않는 자 누구인가!

당신에게 죄가 없음을 누가 증명하리오.
그건 안 될 소리.
그의 부친의 사악한 수호신이 당신을 꼬였다고 하더라도.
전쟁의 신은 혈족 간의 피의 격류 속을 달렸네.
향연을 위하여 살해된 어린 딸의 핏덩어리가 부른 것이오.

아, 폐하, 애통하다 우리의 대왕!
이 심정 표현할 길 없네.
당신께선 지금 처참하게 숨을 거두시고
거미줄에 걸리어 누워 계시나이다.
아, 이 노예 같은 잠자리에!
배신자의 손에 쌍날 흉기로 맞은 채!

클리타임네스트라는 송가에 반박하여 대답한다.

[클리타임네스트라]

내가 저지른 죄라는 거지. 하지만 나를 아가멤논의 처라고 생각하는 건 잘못이야. 잔인한 향연을 베푼 아트레우스의 무자비하고 사악한 수호신이 여기 죽어 있는 자의 아내의 모습을 빌려 복수를 갈망하는 마음으로 제물로 바쳐진 딸의 원수를 갚은 거예요. 노예처럼 죽었다고는 생각하지 않아요. 이이는 교활한 아테를 집으로 데려왔죠. 우리 둘 사이에서 태어난 나의 이피게네이아에게 그런 짓을 했으니 당연한 보복을 받은 셈이지. 지옥에 가서 호언장담할 건 없어요. 자기 손으로 무덤을 판 셈이니까.

장로들은 클리타임네스트라를 향해 아가멤논의 애도에 대한 송가를 부른다.

[장로들의 송가]

궁궐이 무너진다고 하는데
이 마음 착잡하여 어찌할 바를 모르겠네.
억수 같은 비, 피투성이의 큰비가
궁궐을 부수지나 않을까?
그 방울 잠시 멈췄으나
정의의 칼날은 다른 죄업을 향해,

하늘의 운명은 다른 숫돌에 갈고 있네.

아, 대지여, 차라리 나를 그 품에 받아다오.

그러면 나는 대왕이 은테 욕탕의 밑바닥에

누워 있는 것을 보지 않았을 것을.

누가 대왕을 묻을 것인가.

누가 슬퍼할 것인가.

당신은 남편을 죽여 놓고 그럴 생각이 있겠는가.

그의 생명을 위하여 대성통곡하고,

저지른 죄업의 속죄로서 마음에도 없는 기도를 올리려고 하는가?

누가 눈물을 흘리며

이 신과 같은 분을 애도하는 송가를 부르며 진심으로 울려는가?

[클리타임네스트라]

그런 걱정은 할 필요 없어요. 우리 손으로 이분은 쓰러졌죠. 그건 운명이었어요. 매장하는 것도 우리가 하겠어요. 눈물을 흘리지 않고서. 하지만 딸 이피게네이아는 빠른 재앙의 흐름 속에서 기꺼이 아비를 맞아 두 팔로 안고 입 맞출 거예요. 진실로 이이는 신탁대로 된 거예요. 이제 나는 플레이스테네스의 가문에 붙어 있는 원한의 영과 서약을 할까 해요. 지금까지의 일은 마음 아픈 일이어서 단념하지만, 그 대신 지금부터는 이 궁궐을 나가서 다른 가문을 혈족 상잔으로 멸망시키도록 약속하겠어요. 이 집에서 광기의 싸움만 없어진다면 재산은 조금만 있어도 돼요.

궁전에서 새로운 인물이 등장했다. 그는 아가멤논의 아버지 아트레우스를 살해한 아이기스투스였다. 그는 아가멤논의 사촌이며 클리타임네스트라의 정부였다. 아이기스투스는 아가멤논의 죽음에 자기 가문의 원한을 복수했다고 선언하였다.

[아이기스투스]

아, 정의의 보복을 가져다주는 이 태양의 따스한 빛! 지금이야말로 지상의 증오를 내려다보시는, 높은 곳에서 인간을 벌하시는 신이, 제 아비가 저지른 악의 대가를 받아 복수의 여신이 짠 옷을 휘감고 여기 쓰러져 있는 사나이를 보고 계신 것이다. 나는 진정 기쁘다. 그건 이곳을 차지하고 있던 이자의 아비가 권력으로 이 도시에서 내 아버지며 자기 동기인 티에스테스를 추방했기 때문이지. 그러나 티에스테스는 다시 돌아와 애원한 결과 겨우 선조의 땅에서 자신의 피를 흘리지 않아도 좋은 운명이 되었어.

신을 두려워하지 않는 이 사나이의 아비 아트레우스는 겉으로는 내 아버지를 환영하는 것처럼 향연을 베풀고 그 자리에서 친자식의 고기를 먹였다. 손발을 절단하여 섞고 다른 것은 난도질해서 알아보지 못하도록 해서 향연에 내놓았지. 그런 것은 전혀 모르고 그는 그것을 먹었기 때문에 파멸의 운명이 시작되고 만 것이지. 그 자리에서 신성하지 못한 행위를 알게 되자 그는 소리를 외치며 그 끔찍한 도살에 메스꺼워하며 뒤로 쓰러져버렸어. 그런 이유로 펠롭스의 자손에게 그는 모진 운명의 저주를 연결시켜 그가 차버린 식탁처럼 펠롭스의 자손이 멸망하도록 저주한 것이었어.

그런 일과 관련해 이자의 죽음을 생각해 보오. 나는 그분의 마지막 아들이었으며 내 어머니가 그분의 딸이었기에 손자이기도 했지. 그런 근친의 비극과 함께 나는 어린 나이에 아트레우스를 해치울 수 있었지. 그리고 지금 그의 아들인 아가멤논 이자를 살해하였다. 이렇게 되고 나니 죽음도 나에겐 기쁜 일이야.

아르고스의 장로들은 아이기스투스에게 격렬한 적대감으로 반응했다. 그들의 눈에는 아가멤논의 사촌이 정당한 왕을 학살한 찬탈자였다. 아이기스투스는 살인에 대해 답해야 할 것이라고 그들은 말했다. 그러나 아이기스투스는 이 생각에 침을 뱉었다. 그는 그들의 위협을 묵살하였다. 그가 칼을 뽑자 클리타임네스트라는 양쪽을 제지했다.

[클리타임네스트라]

기다려요. 자, 당신도. 이 이상 화근을 만드는 건 그만둡시다. 이런 씨를 뿌리면 비참한 수확을 거두게 마련이죠. 비참한 건 이만했으면 됐어요. 이 이상 피에 젖어서는 안 돼요. 장로 여러분, 어서 거처로 돌아들 가세요. 우리는 인내가 필요해요. 지금까지 겪은 재난만으로도 끔찍하지 않아요? 신령의 매운 채찍에 맞을 만큼 맞았으니까요. 이것이 여자의 생각이에요. 어떻게 생각들 하는지 몰라도.

아이기스투스는 클리타임네스트라의 중재에 불만을 나타내며 말했다.

아가멤논을 죽인 클리타임네스트라는 죄책감과 공포에 시달린다. 클리타임네스트라는 고대 그리스 문학과 예술에서 여러 번 다루어진 인물로, 현대에서도 다양한 작품에서 그녀의 이야기를 재해석하고 있다. 그녀는 강력한 여성 캐릭터로서 전통적인 성 역할을 넘어서 자신의 운명을 결정하는 인물로 묘사된다.

[아이기스투스]

하지만 이자들이 나를 보고 그따위 소리를 하는데 가만히 있을 수 있소? 분별없이 지배자를 모욕하다니. 언젠가 내 손에 혼이 날 것이다.

[수석 장로]

아르고스에는 악인에게 꼬리를 치고 아첨하는 자는 없을 거요. 신의 힘으로 오레스테스 왕자님이 돌아오시기만 해 봐라. 정의를 더럽히면서 살이나 쪄라! 늦기 전에 지금 나불거리는 편이 좋겠지. 옆에 암탉이 있으니까!

아이기스투스가 분노하여 장로들에게 덤비려 하자 클리타임네스트라가 제지하였다.

[클리타임네스트라]

저따위 잠꼬대에 대꾸하실 필요 없어요. 나에게 힘이 있으니, 당신과 나 두 사람이 이 궁전의 주인으로서 만사를 잘 처리해 나아가면 돼요.

아이기스토스와 클리타임네스트라는 궁전으로 향하고 장로들은 노한 모습으로 반대로 돌아서 나간다.

17. 공양하는 여인들

《아이스킬로스의 3부작 오레스테이아》

아가멤논은 아내 클리타임네스트라와 그녀의 정부 아이기스토스에게 살해당했다. 아가멤논의 왕국 아르고스는 그가 살해된 후 혼란에 휩싸였으나 클리타임네스트라가 궁전을 장악했고 아이기스토스는 여왕의 정부 역할에 충실했다. 아가멤논의 궁전 기슭에는 그의 아버지 아트레우스의 무덤이 어렴풋이 보였다. 아가멤논의 아버지들은 대부분 가족에게 살해당했다. 최근에 조성된 무덤은 아마도 가장 위대한 자의 것이었다. 아가멤논은 수만 명의 목숨을 앗아간 전쟁을 지휘했다.

저주 어린 아트레우스 가문의 무덤에 새벽의 여신이 날을 밝혔다. 무덤 가운데 두 젊은이의 모습이 보인다. 그들은 아가멤논의 아들인 오레스테스와 그의 절친한 친구 필라데스였다. 이국땅에서 이곳으로 온 오레스테스는 머리카락을 두 갈래로 길게 잘라 무덤 제단에 올려놓고 기도하였다.

[오레스테스]

방랑자의 영혼을 달래 주는 낯선 길의 안내자 헤르메스여! 살아서 권력을 지녔던 내 아버지를 생각해서라도 나에게 구원자로 나타나 마땅히 내가 물려받아야 할 것을 위한 나의 싸움을 도와주십시오. 이제 난 절친한 친구 필라데스와 함께 고향을 찾아 이곳으로 왔습니다. 당신의 무덤이 보이는 언덕에 앉아 이렇게 외칩니다. 절 받아주시고 제 말을 들어주십시오. 이제 당신께 그리고 당신의 불행 앞에 인사드립니다. 당신의 아들은 이곳에서 마음놓고 울 수도 없으며 당신의 시신을 만져볼 수조차 없습니다.

저길 보십시오. 보이십니까? 검은 옷을 입고 있는 저 여자들. 저들은 지금 어디로 가고 있을까요? 어떤 불행이 그들 뒤에 숨겨져 있습니까? 누군가 또 저 안에서 살해당했습니까? 혹은 지하 세계의 당신을 위로하기 위해 당신의 무덤을 찾은 자들인가요? 그렇군요. 저들 가운데 엘렉트라가 있는 걸 보면 분명합니다. 나의 사랑스러운 누이 엘렉트라. 그래요, 알아볼 수 있겠군요. 고통스러운 모습으로 다가오고 있군요. 오, 제우스 신이시여! 아버지의 죽음에 응분의 보답을 할 수 있도록 적과의 싸움에서 절 지켜주십시오. 필라데스, 이제 자리를 피해 이 여자들의 행동을 지켜보도록 하자.

오레스테스와 필라데스에 이어 한 무리의 여인이 나타났다. 검은 옷차림의 노예 여인들을 이끌고 오레스테스가 한눈에 알아본 엘렉트라가 등장했다. 그녀는 오레스테스의 누이이자 클리타임네스트라 여왕과 살해된 아가멤논의 딸이었다. 오레스테스는 누이인 엘렉트라를 보았지만, 그녀들의 이야기를 듣고자 하여 필라데스와 함께 몸을 숨겼다.

엘렉트라를 따르는 노예들이 슬픔의 노래를 부른다.

[노예들]

아가멤논의 무덤에 바칠 것을 들고 온 우리는 서둘러 달려온 탓으로 뺨은 붉게 물들었으며 날카로운 갈퀴로 갓 쓸린 자국처럼 찢어진 우리들의 가슴은 쉴 새 없이 계속되는 슬픔과 한탄으로 가득하구나. 이 옷을 찢고, 가슴을 뒤덮은 옷자락을 풀어헤쳐도 고통과 슬픔은 멈추지 않아. 이제 더는 즐거워할 수 없는 생명이 되고 말았구나. 머리카락이 솟는 비명이 귓속을 떠나지 않으며 분노의 감정을 채 추스르지 못하고 든 꿈속에서는 공포에 싸인 자의 아우성이 현실처럼 되풀이되며, 한밤중 집집마다 들려오는 탄식의 소리는 여인들의 마음을 더욱더 무겁게 만드는구나.

오! 땅이여! 어머니여! 신의 은총으로 잃어버린 여자들을 당신은 이곳으로 오게 했습니다. 두려움으로 말을 꺼냅니다만 도대체 무슨 죄를 지었기에 이렇게 피 흘린 채 죽어야 했습니까? 아! 저주받아 마땅할 자들이여! 아! 이미 무너져버린 집안이여! 아가멤논이 죽은 뒤로는 빛 없는 어둠이, 끔찍하게도 싫은 어둠이 이 도시를 뒤덮고 있습니다. 한때 그토록 자랑스러웠고, 든든했으며, 위협을 몰랐고 평화로웠던 이 도시. 이젠 두려움만 존재할 뿐입니다.

명예와 행운, 그리고 권력을 차지한 자들이 마치 신처럼, 아니, 신보다 우월한 듯 뻐기고 있습니다. 아무도 저울을 피할 수 없으며 운명의 신은 모든 것을 다 보고 계실 테니 어떤 이는 급작스럽게 다가올 희망의 날을 맞이할 것이며 또 어떤 이는 뒤늦게 찾아올 불행에 시달릴 것입니다.

누군가는 한밤중에 정의의 습격을 받을 것이고 심판의 날은 밤이 아닌 낮을 또 다른 누군가에게 허락할 것입니다. 이 땅에 흘린 피는 굳어진 채 땅에 스며들어 지워지지 않을 복수를 외치고 있습니다. 가슴을 찌르는 고통은 죄지은 자를 처벌하지 않고서는 치유될 수 없으며, 아직도 핏속에 남아 있습니다.

더렵혀진 숫처녀의 순결처럼 이 땅의 모든 물줄기가 살인자의 손에 묻은 핏자국을 씻어내기 위해 한줄기로 흐른다 해도 아무 소용없는 일. 이제 우리는 노예가 되었으며 아가멤논의 행동이 정당하지 못했기에 분노를 나타낼 수 없도록 강요받고 있으며 아가멤논에게 몰아닥친 불행에 대해선 단지 남몰래 숨어서 눈물이나 흘릴 수 있을 뿐. 슬픔을 감추기 위해 우리의 심장은 얼어버리고 말았구나.

●

●

●

지난번 아가멤논의 죽음에서 아르고스의 장로들이 등장하여 이야기를 주도해 나아갔다면 이 장에서는 노예 여인들이 이야기를 주도할 것이다. 장로들은 본질적으로 보수적인 동기를 나타냈다. 그들은 아가멤논의 죽음에 혼란스러워했다. 장로들은 궁극적으로 클리타임네스트라 여왕이 왕을 죽이고 연인인 왕의 사촌을 지도자로 내세우자 대항하여 갈라섰다. 이 장에서 노예 여인들은 능동적인 장로들에 비해 슬프고 수동적으로 묘사될 것이다.

•
•
•

엘렉트라가 무덤 쪽으로 다가선다. 그녀는 미움을 받고 살해당한 아버지의 무덤을 내려다보았다. 엘렉트라는 그의 조용하고 불명예스러운 무덤에 무엇을 말해야 할지 몰랐고 노예 여인들의 수장에게 물었다.

[엘렉트라]

우리 집안을 위해서 헌신해 온 그대 여자들이여! 나와 함께 죽은 아버님의 무덤에 따라온 그대들이여! 그대들의 충고를 듣고 싶소. 들려주시오. 아버님의 무덤에 이 술을 뿌리면서 내가 뭐라고 말해야 하는지, 어떻게 해야 내가 할 말을 제대로 찾아낼 수 있는지, 내가 어떻게 죽은 아버님 곁으로 달아날 수 있는지.

이렇게 말해야 하나요? "아버님, 이 술은 당신을 사랑했던 어머니가 당신에게 보낸 것입니다."라고? 어머니가 보낸 술이라고? 도저히 그렇게 말할 용기는 없군요. 난 아버님의 무덤에 술을 따르며 해야 할 말을 잊어버리고 말았어요. 흔히 하듯이 "죽은 자를 위해 술을 따르는 자들의 성의를 생각해서 이들에게 좋은 일이 일어날 수 있도록 해 주세요." 그래요? 그렇다면 죽은 자에게 나쁜 짓을 한 자에겐 나쁜 일이 일어나야죠. 혹은 명예를 지키지 못한 사람처럼 아무 말 말아야 하나요? 마치 아버님이 명예롭지 못하게 죽음을 당한 것처럼? 차라리 이 술을 땅에다 부어야 합니까? 이 그릇을 내버리고 마치 아무 일도 없었던 것처럼 되돌아가야 합니까?

날 좀 도와주세요. 내가 어떻게 해야 하죠? 내가 궁금해하는 것들에 관해서 함께 생각해 봐줘요. 네? 노여움으로 우린 함께 뭉쳤고 동지처럼 느끼지 않았어요? 가슴속에 묻어두지만 말고요. 아무도 두려워할 필요 없어요. 죽음이란 낯선 자의 손에 의해 노예가 되는 것처럼 자유로울 거예요. 우리 앞에 나타나기만 한다면. 나보다 더 알고 있는 게 있다면 말해줘요. 제발!

수석 노예는 엘렉트라에게 오빠 오레스테스를 위해, 그녀의 술을 붓고 클리타임네스트라 여왕과 연인 아이기스투스에게 복수하라고 말한다.

[늙은 노예]

우린 당신 아버님께 경배드리기 위해 이곳에 왔을 뿐입니다. 하지만 당신이 궁금해하신다면 우리 생각을 말씀드리죠. 이 술을 부으며 이렇게 힘 있게 말하세요. 당신이 사랑하는 모든 이에게 은혜와 영광을 베푸소서. 그리고 아이기스토스를 증오하는 모든 사람과 비록 지금은 멀리 떨어져 있지만 오레스테스와 만나 힘을 합쳐 복수해야 해요.

엘렉트라는 오레스테스가 돌아오고 자신도 어머니보다 더 나은 사람이 되기를 바라며 지하 세계에 기도했다.

[엘렉트라]

오! 살아 있는 자의 목소리를 죽은 자에게 전하는 헤르메스여! 죽은 아버님의 피를 지키고 있는 지하의 악령이 내 목소리를 들을 수 있도록 해주소서! 땅 위의 모든 것을 생기게 하고, 키우며 결국 땅으로 되돌아가게 하는 땅의 신 가이아가 내 소원을 들을 수 있도록 해주소서!

죽은 자에게 바치는 이 술로 난 아버님을 부르며 소원을 말합니다. 아버님, 절 불쌍히 여겨 주십시오. 오레스테스로 말미암아 우리 집안이 다시 일어설 수 있도록 해 주십시오. 그를 통해 우리가 다시 주인이 될 수 있도록. 어머니는 우리를 팔아 새로운 남자 아이기스토스를 샀습니다. 당신의 죽음으로 우린 의지할 곳을 찾지 못했고 고향을 잃었습니다. 하지만 이젠 난 더이상 노예일 수만은 없습니다. 오레스테스는 자신의 정당한 소유를 누리지 못한 채 추방되었으며 부당한 자들이 당신이 힘들여 이룩한 결실을 차지하고 있습니다.

오! 오레스테스가 돌아올 수 있도록 해주십시오. 아버님! 제 소원을 들어주시고 제가 사려 깊고, 침착하며, 슬기롭게 어려움과 싸워나갈 수 있도록 제 손을 잡아주십시오. 살인자의 죄를 정당하게 갚을 수 있도록 해주십시오. 간절히 원하오니, 이 술을 당신께 바치오니 지하 세계의 고통을 달래시며 기쁨을 찾으소서.

엘렉트라가 기도를 마치자 늙은 노예가 자신들의 기도를 한다.

[늙은 노예]

술과 함께 땅으로 스며드는 눈물로 우리 주인의 넋을 달래자. 눈물이 흐르도록 내버려두자. 무덤 위에 뿌려지도록 내버려두자. 주인이시여! 우리의 소원을 들어주소서! 어둠 속의 영혼이여! 우리의 소원을 들어주소서! 우리를 자유롭게 해주신 이 집의 주인이시여! 우리에게 다가오소서! 지하 세계의 어둠을 뚫고 칼을 들고 나타나 적과의 싸움에서 우리를 지켜주소서.

[엘렉트라]

땅은 우리가 바친 술을 이미 다 삼켜버렸다. 죽은 아버님이 우리가 바친 술을 마셨다. 자. 이제 기다리자. 새로운 소식을….

바로 그때, 엘렉트라가 제단 위에 있는 머리카락을 발견했다. 그 머리카락의 색조와 질감은 그녀와 같은 것이었다. 엘렉트라는 즉시 오빠를 생각했다. 죽은 아버지에게 뒤늦은 경의를 표하기 위해 그의 머리카락을 보냈다면 자신의 의무를 다한 것이고 결코 아르고스로 돌아가지 않을 것임을 의미했다. 엘렉트라는 오레스테스가 자신에게 돌아오기를 원했다.

[엘렉트라]

저기 무덤가에 머리카락 한 줌이 떨어져 있어.

엘렉트라는 클리타임네스트라와 아가멤논의 딸로, 복수와 갈등의 상징적인 인물이다. 그녀의 이야기는 아이스킬로스의 비극 《엘렉트라》와 소포클레스, 에우리피데스의 작품에서도 다뤄진다. 엘렉트라는 가족의 비극적인 역사에서 자신의 운명과 정의를 찾으려는 강한 여성으로 묘사된다.

[늙은 노예]

남자의 것일까? 여자의 머리카락일까?

[엘렉트라]

난 이 머리카락을 알아볼 수 있어.

[늙은 노예]

그렇다면 젊은 사람으로부터 나이 든 우리가 배울 게 있겠는데?

[엘렉트라]

나 말고는 아무도 모를 걸? 이게 누구 머리카락인지….

[늙은 노예]

무덤에 머리카락을 잘라놓아야 할 자들은 우리의 적이야. 하지만 그들이 머리카락을 무덤 위에 잘라 놓고 슬퍼할 리는 없을 텐데?

[엘렉트라]

그래요. 이 머리카락은 우리 원수의 것이 아녜요. 난 금방 알아볼 수 있어.

[늙은 노예]

어떻게? 뭘 보고 알지? 궁금하니까 빨리 말해 봐.

[엘렉트라]

어때요? 내 머리카락과 같죠?

[늙은 노예]

그렇다면 오레스테스가 여기에?

[엘렉트라]

아녜요. 오레스테스는 아버님의 죽음에 조의를 표하기 위해 머리카락을 잘라 누군가를 통해 이곳으로 보냈을 거예요.

[늙은 노예]

그 말을 들으니 더욱 눈물이 나는군. 그렇다면 오레스테스는 영원히 조국으로 되돌아오지 못할 운명?

[엘렉트라]

나 역시 심장이 멈춰버릴 듯 두근거려요. 마치 겨울 바다의 폭풍처럼 걷잡을 수 없는 눈물이 앞을 가리는군요. 도대체 이 머리카락은 누구 것일까요? 이젠 도저히 어머니라고 부를 수 없는 그 여자의 것일까요? 아버지를 죽인 살인자? 그 여자는 내가 어렸을 때부터 날 멀리했어요. 신의 저주를 받아 마땅한 살인자! 그 여자는 결코 이 무덤 앞에다 머리카락을 잘라놓지 않을 거예요. 그렇다면… 이 머리카락은 내가 그토록 사랑했던 오레스테스의 것이 틀림없을 텐데.

하지만 이런 추측은 단지 속임수 같은 희망일 뿐… 아! 누군가 잘 알아들을 수 있도록 이해할 만한 내용을 전해주기라도 한다면… 이제 더는 이 생각 저 생각으로 시간을 허비할 순 없어. 난 분명히 알아야겠어. 이 머리카락이 원수의 것이라면 모두 다 긁어모아 내버려야만 해. 그러나 피붙이의 것이라면, 나와 함께 슬픔을 나누고 이 무덤 앞에서 눈물을 흘리기 위한 것이라면? 우리가 도피처로 삼고 있는 신은 분명히 알고 계실 텐데. 바다에서 풍랑을 만난 뱃사람처럼 우리가 어딜 향하고 있는지. 우릴 구원하실 뜻이 있기만 하면 조그만 씨앗 하나로 곧 튼튼한 뿌리를 만들어 주실 텐데.

여기, 발자국이 있구나. 두 번째 표식이야. 내 발과 거의 같은 크기야. 그래, 똑같아. 가슴이 두근거리며 머리가 아득해지고 더이상 정신을 차릴 수가 없네.

엘렉트라는 그중 하나에 서서 자기 발과 같은 모양을 발견하고 발자국을 따라 걷다 몇 년 만에 오레스테스를 마주하게 되었다. 오레스테스가 나타나고 뒤따라 필라데스가 나온다. 오레스테스는 여동생 엘렉트라를 바라보며 입을 열었다.

[오레스테스]

신들이 당신의 간청으로 밝은 미래를 보장해주기 바랍니다.

[엘렉트라]

미래라고요? 신들이 나에게 보장해? 미래를?

[오레스테스]

간절히 원하던 것이 이제 당신 눈앞에 다가왔습니다.

[엘렉트라]

내가 무엇을 원했는지 당신이 어떻게 알죠?

[오레스테스]

당신에게 오레스테스가 얼마나 소중한지 전 알고 있습니다.

[엘렉트라]

그렇다면 내가 간청하던 것이 어떻게 이루어질 수 있을까요?

[오레스테스]

여기 이곳에 서 있는 나 말고는 아무도 이룰 수 없지. 내가 바로 오레스테스니까.

[엘렉트라]

낯선 자여! 그대는 지금 날 속이려는가?

[오레스테스]

속인다고, 천만에.

[엘렉트라]

그렇다면 나에게 닥친 불행을 웃음거리로 삼겠다는 건가요?

[오레스테스]

너에게 닥친 불행이 웃음거리가 된다면 나에게 닥친 불행이 웃음거리가 될 수밖에 없겠지.

[엘렉트라]

그렇다면 당신이… 오레스테스?

[오레스테스]

이렇게 가까이 눈앞에 두고도 알아보지 못하는구나. 나의 머리카락과 내 발자국을 통해 내가 다녀갔음을 짐작하고도. 자, 그 머리카락을 이리 줘. 내가 잘라낸 이 머리카락과 내 머리카락. 봐, 이 머리카락과 네 머리카락이 얼마나 닮았는지.

엘렉트라, 기쁨을 숨기지 못한다.

엘렉트라는 아버지를 잃은 슬픔과 분노로 괴로워하며 재회한 오레스테스에게 복수의 결심을 전달한다. 그녀는 오레스테스에게 아버지를 죽인 클리타임네스트라와 아이기스토스를 처치할 것을 다짐한다. 두 사람은 서로에게 큰 힘이 되어주며 복수 계획을 세우고 실행에 옮긴다.

[오레스테스]

잠깐! 아직 소리지르긴 일러. 우리 각자 스스로를 다스려야 해. 기쁨으로 이성을 잃어버리면 안 돼. 우리를 가장 사랑했다고 믿었던 사람이 이제는 적이 되었다는 사실을 잊어선 안 돼.

[엘렉트라]

오! 슬픔이 기쁨으로 바뀌며 눈물이 희망으로 변하는군요. 구원의 씨앗이여, 난 당신의 능력을 믿어요. 아버지의 권리를 되찾아요. 오! 사랑스러운 눈빛이여, 절망에 빠진 나에게 기쁨을 선사하는 눈빛이여. 죽은 아버님이 되살아난 듯 지금은 사라져버린 어머니의 사랑을 되찾은 듯 참혹한 운명에 휩싸인 나에게 새로운 희망과 용기를 심어주고 나의 정당한 권리를 알려준 오레스테스, 전능하신 제우스여! 우리의 구원자 제우스여!

[오레스테스]

제우스여! 제우스여! 이제 이곳을 내려다보세요. 어떤 일이 벌어졌는지. 아버지를 빼앗긴 둥지의 독수리를 보세요. 치명적인 독을 지닌 뱀들에 휩싸여 죽어간 아버지 때문에 굶주렸던 아이들이 이제 힘을 내어 아버지가 사냥해 둔 먹이를 둥지로 옮기려 합니다. 여기 당신 앞에 아버지 없는 아이들, 엘렉트라와 오레스테스가 있습니다. 아직 자기 힘으로 날지 못하는 이들을 못 본 척하시겠습니까? 당신을 그토록 공경했고, 그토록 성대한 제사를 지냈던 아버지의 아이를? 당신이 우리를 돕지 않는다면 인간들은 당신의 존재와 권능을 더는 믿지 않게 될 것입니다. 아가멤논의 혈통이 끊어지면 당신께 드리는 제사도 없어집니다. 그러니 우리를 보호해주시고 우릴 도와 집안을 다시 일으켜 세울 수 있도록 해주십시오.

[늙은 노예]

이렇게 소리를 지르면 안 돼요, 조용히 낮은 목소리로… 아버지의 권리를 되찾으려면 아직은 조용히 침묵을 지켜야 해. 누군가 값싼 혓바닥으로 이 도시의 새 주인에게 오레스테스의 귀향을 알려주면 그들은 당장 군대를 보내 당신들을 죽여버릴 거야.

오레스테스는 늙은 노예의 걱정에 아폴론 신이 그에게 아버지의 복수를 하라고 명했음을 이야기했다. 아폴론은 오레스테스에게 살해당한 자들이 산 자의 세계에서 복수를 원하며, 그들의 부름에 귀를 기울이지 않으면 공허함, 두려움, 광기로 가득 차게 될 것이라고 말했다.

[오레스테스]

예언자 록시아스가 날 지켜줄 것이며 아폴론의 도움이 날 떠나지 않을 것이다. 아폴론은 큰 목소리로 나에게 이렇게 말했다. 내가 아버님을 죽인 자들에게 똑같은 방법으로 복수하지 않는다면 폭풍우처럼 몰려드는 불행의 얼음장 같은 차가움이 따뜻한 나의 몸뚱이를 가득 채우게 될 것이라고.

그가 말하길, 생명을 빼앗은 자의 생명을 빼앗지 않으면 나 자신의 목숨을 그 대가로 내놓아야 한다고 했다. 그러나 살인자의 자리를 빼앗은 자는 말할 수 없는 고통에 시달려 미친 황소처럼 될 것이라도 했다. 왜냐하면 마땅히 죽여야 할 자를 죽였음에도 그를 뒤따르는 비난의 화살이 있을 것이며 그로 인한 여러 가지 괴로움을 겪게 될 것이기 때문이다. 마치 사나운 짐승을 사로잡기 위해 상처를 남겨야 하는 것처럼 어둠 속에서 사람들은 복수의 여신들이 눈을 번뜩이는 걸 보게 되리라고, 땅 밑 어두운 곳에서 나온 자들이 미친 듯 쏘다니며 누구에게나 거침없이 두려움을 불러일으켜 사람들은 밤을 두려워하게 될 것이라고 아폴론은 말했다.

이 도시의 시민들은 각기 다른 견해로 그의 행동을 심판할 것이며 결국 이곳에서 그를 쫓아낼 것이다. 아무도 그를 받아들이려 하지 않을 것이며 친구도 없이 결국은 지치고 병들어 운명의 여신을 탓하며 죽을 것이라고 했다. 그래, 예언을 믿지 못한다면? 내가 예언을 믿지 않는다 해도 난 내가 계획한 행동을 실천할 것이다. 이미 난 신으로부터 아버지의 죽음을 복수해야만 할 의무를 받았고 트로이를 무너뜨린 자랑스러운 이 도시의 시민들은 이제 곧 나의 권리를 확인할 것이 분명하니까.

[늙은 노예]

당신에게 닥친 사나운 운명은 결국 언제나 공정한 제우스의 뜻으로 분명한 끝을 보게 될 것이요. 증오의 결말은 결국 증오의 말만 더하게 할 뿐 복수를 원하면 운명의 여신을 소리 내어 불러 피에는 피로 보답할 수 밖에 없는 것. 하지만 누구나 일을 저지르고 나면 결과에 대한 책임을 져야 하는 것은 아주 오래전부터 우리에게 잘 알려진 이야기.

[오레스테스]

오! 아버지여! 도대체 어떤 말로 당신의 참혹한 죽음을 위로하며 당신을 위해 내가 어떤 짓을 해야 합니까? 당신의 순조로운 항해를 위해 불어야 할 바람을 이곳으로 끌고 와 멀리서 꼼짝 못하고 있는 당신을 구하고 싶습니다. 어둠이 빛을 가리고 있는 이곳. 이곳을 지배했던 당신의 용맹함을 사람들이 노래하도록 하겠습니다.

[늙은 노예]

죽은 자에 대한 생각과 도저히 꺼질 수 없는 복수의 불길은 죽은 자의 명예를 되찾기 위한 것. 죽은 자에 대한 탄식이 들려야 그에게 화를 미친 자들이 후회하는 법. 조상과 죽은 아버지에 대한 슬픔의 노래는 마땅히 당연한 것. 죽은 자를 위한 노래는 잠자고 있던 복수의 맹세를 흔들어 깨운다.

[엘렉트라]

듣고 계세요, 아버님? 저희가 부르는 슬픔의 노래를? 당신의 무덤 앞에서 우리가 부르는 노래와 우리의 탄식을? 가까이 있는 다정한 사람과 멀리 있는 적을 구분하게 했군요. 이제 영원히 계속될 불행은 없겠죠?

[늙은 노예]

신이 당신들의 운명을 변하게 할 수 있다면 당신들의 슬픔은 이제 곧 힘찬 기쁨의 노래로 바뀔 텐데… 무덤 앞에서 죽은 자를 위한 탄식의 노래 대신에 궁전에서의 승리의 노래를 술잔에 부딪히며 부를 수 있을 텐데….

오레스테스는 아버지가 트로이 전쟁에서 명예롭게 죽기를 바랐지만, 늙은 노예는 두 사람의 환상에 대해 경고했다.

[오레스테스]

당신이 트로이에서 적군의 창에 찔려 죽었다면 당신의 죽음은 명예로웠을 것이며 당신의 아이들도 권리를 충분히 보상받았을 것입니다. 바다가 보이는 곳에 산더미 같은 무덤으로 사람들은 당신을 기억하고자 했을 것입니다.

[늙은 노예]

당신이 친구들 한가운데, 한 사람으로 명예롭게 이곳에 묻혔다면 당신은 지하 세계에서도 당신의 지위를 지켰을 것입니다. 왜냐하면 당신은 살아 계신 동안 우리의 왕이셨으며 죽음은 결국 당신이 인간이었음을 증명한 것에 지나지 않으니까.

[엘렉트라]

하지만 당신은 트로이의 성문 앞에서 죽을 수 없었고 낯선 민족의 창에 맞아 스카만드로스 언덕에 묻힐 수도 없었습니다. 당신이 적의 손에 죽었다면 우린 그들을 없애버렸을 것이고 낯선 땅에서 당신이 죽었다면 당신의 죽음을 전해 듣기라도 했을 것이며 지금과 같은 우리의 고통과 슬픔은 없었을 것입니다.

[늙은 노예]

당신이 지금 하는 말은 도저히 일어날 수 없었던 일. 그렇게 많은 안타까움은 오히려 당신의 슬픔을 더욱 아프게 하는 두 가닥 채찍 같은 것! 당신들을 보호하고 도움을 베풀었던 사람은 이제 땅속에 묻혔고 더렵혀진 손을 지닌 자들이 세력을 잡았으니 사람들은 그들을 증오하고 있으며 그자들에 대한 증오는 우리보다 더할 것이요.

[오레스테스]

우리의 슬픔은 귓속에 화살이 박히는 것 같은 아픔. 제우스여! 제우스여! 땅속 깊은 곳에서 인간에게 불행을 가져다주는 죽음의 신 아테네를 불러 뻔뻔하고 잔혹한 저 어머니라고 부를 수 없는 여자의 행동을 처단해주소서.

[늙은 노예]

저자들이 처벌된다면 우리 역시 기쁨의 환호성을 질러야지. 지금까지 왜 내 가슴속에서 꿈틀대는 증오의 감정을 표현하지 못했을까? 갑자기 화가 나고 미움이 끓어오르며 가슴이 뛰는군.

[엘렉트라]

하지만 전능하신 제우스가 언제 저들을 벌하게 될까요? 도대체 언제? 어느 때에? 저들의 몸뚱이를 조각조각 분질러낼 건가요? 언제 이 땅에 신에 대한 사람들의 믿음이 되살아날 건가요? 땅의 신 가이아여! 당신의 힘으로 부당한 자들을 처벌할 권리를 요구합니다.

[늙은 노예]

그래, 이 땅에 피를 흘린 자들은 피의 보답을 받아야 하는 것이 우리의 오래된 규칙. 복수의 여신을 불러 이미 지나간 불행에다 새로운 불행을 덧씌우는 것이 우리의 법칙. 피에는 피로 죽음에는 죽음으로.

[오레스테스]

아! 아! 들려주세요. 지하에 묻힌 당신의 목소리를! 당신의 힘찬 저주의 목소리를 들려주세요. 아트레우스 가문에서 마지막으로 남은 우리에게 아무런 도움 없이, 방법도 모르는 채, 치욕스레 집에서 쫓겨난 우리를 향해 당신의 외침을 들려주세요. 제우스여! 진정 저희를 모른 체하시렵니까?

[늙은 노예]

저 통곡의 울음소리를 들으니 다시 한번 심장이 춤추듯 뛰는구나. 모든 희망이 사라지고 나면 나 역시 저렇게 목놓아 울 수밖에 없겠지. 하지만 다시 한번 용기를 갖고 힘 있게 일어선다면 나 역시 불안을 씻고 좋은 결과가 올 것이란 희망과 용기를 가질 텐데.

[엘렉트라]

이제 우리가 해야 할 일이 뭐죠? 말해주세요. 이렇게 우리의 슬픔만 늘어놓고 있을 건가요? 누군가 슬픔을 달래준다고 해서 고통을 잊을 순 없죠. 굶주린 늑대처럼 지독한 어머니로부터 물려받은 도저히 용서할 수 없는 증오가 이 가슴에 가득 차 있으니까….

[늙은 노예]

슬픔을 나타내는 여인들처럼 머리를 쥐어뜯고 피가 날 때까지 손톱으로 땅을 긁으며 그 피로 가슴을 적셔도 가라앉지 않는 슬픔이여.

[엘렉트라]

아! 아! 저주받을 어머니여! 이토록 초라한 무덤에 우리의 왕을 묻어두다니. 아! 백성들이 그를 위해 슬퍼하거나 통곡하지 못하게 금하고 눈물조차 흘리지 못하게 만든 악독한 여자여! 저주받을 여자여!

오레스테스는 반성보다는 행동이 필요한 때라고 인정했다. 늙은 노예는 그날 밝은 아침, 아가멤논의 무덤에서 그들과 함께 목소리를 냈다. 늙은 노예는 아가멤논의 최후의 굴욕을 회상하고 오레스테스와 엘렉트라의 성공을 위해 마지막 기도를 올렸다.

[오레스테스]

아버님을 이렇게 취급한 당신은 반드시 대가를 치러야 합니다. 악마여! 당신에게 약속합니다. 이 두 손으로 아버님의 명예를 더럽힌 자들을 없애버릴 것을. 그들이 살아남는다면 난 더이상 이 세상에 남아 있지 않을 것이요.

[늙은 노예]

이제야 말하지만, 아가멤논의 몸은 조각조각 잘려서 묻혔어요. 당신의 어머니가 잘랐고 이렇게 초라하게 묻었죠. 그 여자는 남편을 죽임으로써 당신의 권리를 빼앗았고 당신이 평범한 삶을 살아갈 수 없도록 만들었어요. 이제 당신은 아버님이 얼마나 치욕적인 죽음을 당했는지 듣게 될 겁니다.

[엘렉트라]

아버님의 죽음에 대해 말하자면… 나도 그 자리에 있었어요. 귀찮게 구는 개처럼 구석에 갇혀서 어쩔 줄 모르는 채 눈에 띄지 않는 곳에서 입 다물 것을 강요받으며 소리 없이 눈물을 흘려야 했고 슬픔을 달래야 했어요. 내 심장엔 그때의 장면들이 선명하게 새겨져 있어요.

[늙은 노예]

그래. 선명하게 기억하고 있어야만 해. 깊은 침묵을 통해 자신의 귀에 끊임없이 되풀이되어 들리는 속삭임. 무슨 일이 일어났는지 넌 알고 있어. 이제 어떤 일이 일어나야만 하는지 넌 배우게 될 거야. 너의 분노는 굽히지 말고 가야 할 길을 재촉하는 용기가 될 거야.

[오레스테스]

아버님! 당신의 영혼을 부릅니다. 당신의 아이들을 도와주소서.

[엘렉트라]

나 역시 눈물로 당신의 영혼을 부릅니다.

[다 함께]

우리 외침을 들으시고 우리 앞에 빛으로 나타나소서! 적들로부터 우리를 보호해주소서!

[오레스테스]

전쟁의 여신 아레스가 아레스와 싸우듯 죽음에는 죽음으로, 정의의 여신 다이크가 다이크와 싸우듯 힘에는 힘으로!

[엘렉트라]

오! 신이여! 우리의 소원을 들어주소서! 당신의 정의로움을 살인자들

엘렉트라와 오레스테스는 어머니와 아이기스토스를 죽이기로 결심한다. 오레스테스는 전쟁 중 아버지의 곁에 없던 남동생으로, 엘렉트라가 아버지의 죽음과 어머니의 배신에 대해 겪는 고통을 깊이 이해하고 있다.

에게 보여주소서!

복수에 대한 모든 분노에 찬 결심이 남매 사이에 공유되자 늙은 노예는 돌아와 놀라운 계시를 한다.

[늙은 노예]
이렇게 신에게 간청하는 동안 온몸에 소름이 돋았네, 이미 오랫동안 기다렸던 죽음의 선고를 받은 것처럼 아무튼 우리의 소원이 곧 이루어질 거야. 오! 태어나면서부터 고통을 짊어지고 사는 우리에게 갑자기 다가오는 죽음의 여신 아테여! 원한에 가득 찬 우리의 절망과 하소연을 들어주소서! 가족 간에 벌어진 이 불행한 싸움을 다른 사람들은 도저히 어쩔 수 없으며 오직 그들 스스로만이 피에 대한 피로 갚을 뿐입니다. 오직 지하에 있는 신들만이 노래를 들어줄 수 있을 뿐. 지하에 있는 영혼들이 우리의 소원을 받아주신다면 이들에게 적절한 도움을 통해 이들이 승리할 수 있도록 해주십시오.

[오레스테스]
아버님, 이 땅의 지배자. 누려야 할 장례의 예우를 받지 못한 채 묻히셨다면 제가 당신의 권리를 이어받아 당신을 섬길 수 있도록 해주십시오.

[엘렉트라]
저도 아버님께 간청합니다. 나에게 아이기스토스를 죽일 만한 사내를

허락해주시고 그 사내와 내가 맺어지도록 해주십시오.

[오레스테스]

이제 백성들이 당신의 무덤을 찾아와 예의를 표할 것이며 당신은 이 도시의 풍요로운 제사로 명예롭게 섬김을 받을 것입니다.

[엘렉트라]

나 역시 당신께 나의 모든 걸 바칠 것이며 당신께 제사 드리고 이 무덤을 무엇보다도 소중하게 가꾸겠습니다.

[오레스테스]

오! 대지의 여신 가이아여! 아버님을 죽음의 사슬에서 풀어 땅으로 되돌아오게 해주소서!

[엘렉트라]

아버님을 쳐죽인 자들을 생각해 보세요.

[오레스테스]

오! 겨울의 여신 페르세포네여, 아버님을 쳐죽인 자들을 생각해 보세요.

[엘렉트라]

아버님이 꼼짝달싹 못 하도록 옷을 뒤집어씌운 자를 생각해 보세요.

[오레스테스]

당신의 발목은 풀릴 수 없는 고리로 묶였습니다.

[엘렉트라]

부끄러움을 모르는 저들의 흉계로.

[오레스테스]

이제 당신은 되살아나야 합니다.

[엘렉트라]

당신의 영혼이나마 우리에게 되돌아와야 합니다.

[오레스테스]

당신의 아이들에게 행운의 여신을 보내주십시오. 아니면 당신을 수치스럽게 만들어버린 자들에 대한 우리의 공격에 가담하여 우리가 승리하도록 도와주십시오.

[엘렉트라]

우리의 마지막 목소리를 들어주십시오. 여기 이렇게 작은 새처럼 당신의 무덤 앞에 앉아 있는 우리에게, 당신의 딸에게 당신의 은총을 허락하소서!

[오레스테스]

당신의 아들에게도 은총을 허락하소서!

[엘렉트라]

아울러 우리 가문의 번성을 약속해주소서!

[오레스테스]

당신은 죽음을 당했지만, 결코 영원히 없어지는 것은 아닙니다,

[엘렉트라]

당신의 아이들이 당신의 명예를 되찾고자 합니다.

[오레스테스]

물속 깊이 가라앉은 당신의 죽음을 우리의 힘으로 다시 끌어올려 뭍으로 되돌릴 것입니다.

[엘렉트라와 오레스테스]

우리의 외침을 들으소서! 우리의 외침으로 죽음에서 일어나 우리를 도우소서!

[늙은 노예]

그대들을 탓할 생각은 아니지만, 이제 그만 진정하도록 하시오. 그동

안 아무도 돌보지 않던 이 무덤과 죽은 자에 대한 예우는 이제 충분해. 지금은 앞으로 어떤 대책을 세워야 할 것인가 결정해야 할 때야. 그대의 지혜를 최대한 발휘해야 할 순간이 왔어. 필요하다면 악마의 힘이라도 빌려서….

[오레스테스]

물론이죠. 당연히! 하지만 궁금한 게 있어요. 왜 아버지를 죽인 그 여자가 갑자기 아버지의 무덤에 경의를 표하도록 허락했을까요? 왜? 어떤 의도로? 도저히 용서할 수 없는 일에 이렇게 뒤늦게나마 화해의 뜻을 보인 이유가 뭐죠? 죽은 자에 대한 경의를 전혀 나타내지 않을 그 여자가 당신들을 이곳으로 보낸 속셈을 도저히 모르겠군요. 그 여자의 죄에 비하면 너무나 하찮은 것이긴 하지만 아버님이 흘리신 그 수많은 피에 비하면 단 한 방울의 핏값도 못될 것으로 이렇게 헛된 수고를 하게 하다니. 무슨 의미죠?

오레스테스의 말대로 노예 여성들이 제물을 가지고 아가멤논의 무덤으로 보내진 이유는 클리타임네스트라가 나쁜 꿈을 꾸었기 때문이었다. 여왕은 뱀을 낳는 꿈을 꾸었다. 뱀은 젖을 먹으면서 젖과 피가 함께 응고되도록 가슴을 찢었고 여왕은 비명을 지르며 깨어났다.

[늙은 노예]

신의 미움을 받은 이 여자가 꿈속에서… 나도 옆에 있었지만, 한밤중에 깨어나서는 서성대다가 우릴 이곳으로 보내 제사를 지내게 했지.

[오레스테스]

무슨 꿈이었죠?

[늙은 노예]

꿈속에서 그 여자가 아이를 낳는데 아이가 아니라 뱀처럼 생긴 괴물을 낳았다는 거야. 그래, 그렇게 말했어.

[오레스테스]

계속해요.

[늙은 노예]

그 여자는 그 징그러운 것을 갓난아이처럼 감싸안았다는 거야.

[오레스테스]

그 갓 태어난 짐승은 무엇을 먹고 있었어요?

[늙은 노예]

꿈속에서 그 여자는 그것에게 젖을 줬다는 거야.

[오레스테스]

그래서 어떻게 했지?

[늙은 노예]

그 징그러운 것이 젖을 빨아 마시니까 피와 함께 시꺼먼 고름이 그 여자의 가슴에서 흘렀대.

[오레스테스]

그 꿈이 결코 헛된 것만은 아닐 거야.

[늙은 노예]

그 여자는 비명을 지르며 잠에서 깨어나 이미 한밤중이라 꺼져버린 횃불을 모두 다 환하게 밝혀 놓고는 우리에게 이렇게 무덤에 제사를 지내라고 시킨 거야. 그 여자 생각엔 이렇게 하는 것이 화를 면할 길이라는 거지.

[오레스테스]

아버지의 무덤과 이 땅에 두고 맹세하지만, 그 여자가 꾼 꿈은 꿈이 아니라 현실이 될 거야. 내 행동과 그 여자의 꿈은 일치할 테니까. 그 여자의 몸에서 태어난 괴물이 바로 나야. 그 여자가 나를 감싸안고 젖을 먹인다면 난 그 여자의 가슴에서 피를 빨아 마실 테니까. 당연히 두려움과 고통으로 비명을 지르며 죽어갈 테지. 이제 난 그 여자가 꾼 꿈속의 용이 되어 그 여자를 죽여버리겠어.

[늙은 노예]

당신의 비유대로 될 수 있다면 당신의 협력자인 우리에게 알려주시오. 우린 무슨 일을 해야 하며 무엇을 조심해야 하는지.

어머니의 꿈에서 젖꼭지를 물어뜯는 뱀처럼 되려는 다소 이상한 야망을 드러낸 후 오레스테스는 자신의 계획을 설명했다. 그는 비밀리에 모든 일을 처리할 것이라고 말했다.

[오레스테스]

당신들이 해야 할 일은 아주 간단한 일이요. 엘렉트라, 넌 아무 일 없었던 것처럼 굴면 돼. 하지만 당신들은 내 명령에 따라야 합니다. 나의 은밀한 계획으로, 록시아스가 예언했듯 흉계를 꾸며 아버님을 죽인 자들이 이제 그들의 흉계에 휩싸여 그물에 잡힌 고기처럼 될 테니까. 우리 주인이신 아폴론은 우리를 외면하지 않을 거야.

난 여행자처럼 꾸며서 여기 있는 친구 필라데스와 함께 성문으로 갈 것이다. 문지기는 우릴 친절하게 맞이하진 않을 것이다. 왜냐하면 이 도시에 불길한 소문이 떠돌게 될 테니까. 하지만 우린 누군가가 나타날 때까지 기다렸다가 이렇게 말할 것이다. 왜 아이기스토스는 피난처를 찾는 사람을 외면합니까? 그는 집안에 있으면서도 문 두드리는 소리를 왜 못 들은 척합니까?

일단 성문으로 들어서면 아버지의 왕좌에 앉아 있는 그를 발견하게 될 것이고 그는 일어나 나에게 다가올 것이다. 내 얼굴을 보고 아직 숨을 거두기 전까진 이렇게 물어볼 거야. “낯선 자여! 그대는 어디서 왔는가?” 이 말을 하고 난 뒤면 그는 이미 시체가 되어버릴 걸. 단단한 쇠로 잘 만들어진 이 칼과 싸움에 익숙해진 내 손이 순수한 그의 피만을 굶주린 복수의 여신에게 바칠 테니까.

엘렉트라, 이 모든 계획이 순조롭게 진행될 수 있도록 조심해야 해. 다시 한번 당부하는데 필요한 말 이외에는 침묵을 지키도록! 나에게 용사의 자질을 부여한 아폴론이여, 보호해주소서!

[늙은 노예]

이제 이 땅에는 끔찍한 일이 벌어질 거야. 견디기 힘들 정도로 무서운 사건들이. 바닷가 절벽엔 사람을 잡아먹는 동물들로 가득 차 있으며 하늘과 땅 사이엔 불길한 징조뿐, 하늘을 나는 것들이나 땅바닥을 기는 것들 모두가 폭풍우처럼 거세게 불어닥치는 오레스테스의 분노를 알고 있으니까.

누가 오레스테스의 대단한 용기를 이해할 수 있을까? 누가 남편을 죽인 그 여자의 거침없는 욕정과 고통을 잊을 수 있을까? 그 여자 때문에 우린 또 얼마나 큰 재앙을 얻게 될 것인가? 모든 남자와 여자들이 다 함께 수치심을 모르는 욕정으로 뒹굴며 짐승 같은 기쁨과 함께 인간으로의 고통을 느낀다면?

이제 우린 악착스러웠던 적으로부터 존경받았던, 남편을 저주했던 여자에 관해 다시 한번 생각해 봐야만 해. 그리고 교활하고 겁쟁이인 새로운 지배자 밑에서 시달리는 남자들에게 용기를 불러일으킬 계획을 세워야만 해. 운명의 날카로운 칼날은 불의를 행한 자를 향해 겨누어졌어. 신의 뜻을 어기고 제우스를 경배하지 않는 자들의 심장과 가슴은 운명의 칼에 찔리고 말지. 누군가 법을 어기기 시작하면 아이사(운명의 여신)는 운명의 칼날을 갈게 되지. 이제 저 집안에서 태어난 아이가, 이미 잘 알려진, 피에 대한 복수를 위해 심판의 칼과 함께 저 집을 향하고 있다.

기억하는지 모르겠지만, 오레스테스가 아가멤논 무덤에 처음 나타났을 때 그에게는 동반자가 있었다. 그는 지금도 여전히 그들과 함께 있다. 그의 이름은 필라데스이다. 필라데스는 분명히 오레스테스 바로 옆에서서 아무 말도 하지 않았고 모두가 그를 완전히 무시했다. 그러나 설명할 수 없을 정도로 조용한 오레스테스의 친구인 필라데스는 여전히 복수심에 불타는 동료 옆에 서 있었다.

오레스테스는 과묵한 동료 필라데스와 함께 파르나소스 지역 출신인 척하여 가짜 억양으로 말했다. 그들은 궁전에 몰래 들어가 아이기스투스에 닿을 기회를 기다렸다. 아이기스투스는 오레스테스의 삼촌으로, 오레스테스의 할아버지 아트레우스와 아버지 아가멤논을 죽였을 뿐만 아니라 어머니 클리타임네스트라와도 불륜을 저질렀다. 이러한 모든 이유로 오레스테스는 아이기스투스를 죽이고 아트레우스 가문의 덤불에 필요한 가지치기를 시작할 계획이었다.

오레스테스와 팔라데스가 여행자 차림으로 나타나 문을 두드린다.

[오레스테스]

성문을 열어라! 들리지 않느냐? 아이기스토스가 낯선 자에게 친절을 베풀 수 있다면 빨리 나와 문을 열어라.

[시종]

누구요? 낯선 사람인데, 어디서 왔소?

[오레스테스]

이 집의 주인님들께 전하라. 그분들께 드릴 소식을 가지고 왔다고. 날이 어두워지기 전에 빨리 서둘러라. 길 떠난 자를 반갑게 맞이해야 할 시간이 됐으니까. 이 집의 주인을 불러와! 이 집을 다스리는 여주인을. 아니면 남자 주인을 부르든지. 그게 더 좋겠군. 여자란 부끄러움 때문에 다른 사람의 말을 잘 듣지 못할 테니까. 남자 대 남자로서 자신 있게 분명히 말해주겠다. 내가 무엇을 원하는지.

잠시 후 클리타임네스트라가 하녀 두 사람과 함께 등장한다.

[클리타임네스트라]

낯선 자여 말하라. 필요한 것이 있다면 이 집엔 손님을 맞이할 모든 준비가 되어 있다. 뜨거운 물로 몸을 씻을 수 있으며 피곤을 잊을 만큼 안락한 잠자리와 그대가 요구하는 것을 언제나 채워줄 준비가 다 되어 있다. 더 중요한 볼일이 있으며 남자끼리만 할 이야기가 있다면 확인해서 곧 대답해주겠다.

[오레스테스]

난 이방인이며 포키온의 다우리스에서 온 사람입니다. 개인적인 볼일로 이곳 아르고스에 왔으며 오래 머무를 수 없습니다. 이곳으로 오는 길에 어떤 남자를 만났는데 사실 그렇게 잘 아는 사람은 아니었습니다. 그 사람도 저를 잘 모르더군요. 그 사람은 포키스에서 온 스트로피오스라는 사람이었습니다. 그자가 나에게 어디서 와서 어디로 가느냐고 묻더군요. 내 대답을 듣고 난 뒤에 하는 말이, 만일 내가 아르고스에 들리게 되면 어떤 방법으로든 오레스테스의 부모님께 그가 죽었다는 사실을 전해 달라는 것입니다. 잊지 말고 꼭 전해 달라는 부탁이었죠. 그리고 부모님들로부터 내답을 받아오라는 것입니다. 오레스테스를 고향에 묻을 것이지 아니면 낯선 곳에서 영원히 손님으로 묻히게 할 것이지.

여기 이 청동 항아리 속에 오레스테스의 재가 들어 있습니다. 이것이 제가 들은 이야기의 전부예요. 당신이 오레스테스의 어머니인지 아니면 친척인지 모르겠습니다만 아무튼 오레스테스의 아버님을 찾아봐야 할 것 같습니다.

[클리타임네스트라]

이제 나에겐 모든 것이 완전하게 다 사라져버렸구나. 오! 도저히 어찌할 수 없는, 피할 수 없는 저주가 이 집에 내리고 말았구나. 얼마나 많은 눈길이 널 지켜왔는데도 모른 체하고 그토록 건강해 보이더니, 이제 멀리서 마치 제대로 겨눈 화살에 맞은 것처럼 죽고 말았구나. 널 겨눈 화살로 이제 난 이 세상에서 가장 사랑하는 것을 잃고 이 세상의 모든 불행을 다 짊어지게 됐구나. 오, 오레스테스! 이곳을 떠나지 말라고 그렇게 타일렀건만. 이제 이 집에 희망이라곤 남아 있지 않구나. 잘못된 혈통을 고쳐줄 유일한 의사가 없어졌구나.

[오레스테스]

이렇게 친절하신 분께 기쁜 소식을 전해드렸으면 좋았을 텐데… 하지만 이 사실을 전해야 한다는 것을 당연하게 생각했고 또 이렇게 전하겠다고 약속했으니, 당신들에게 손님으로서의 의무를 다할 수밖에 없군요.

[클리타임네스트라]

슬픈 소식을 전했다고 해서 보답이 작아진다거나 이 집에서의 대접이 소홀해지진 않을 겁니다. 일이 어찌 됐건 우린 소식을 들어야만 했으니, 남자 손님들을 위해 마련된 곳으로 이분을 안내하라. 이분의 뒤를 따르는 동행자와 함께.

이제 당신들이 원하는 것을 얻을 수 있을 것입니다. 나를 봐서라도 잘 모시도록 해라. 이제 난 이 집의 주인에게 무슨 일이 생겼는지 알려드려야겠다. 그런 다음에 이분들과 함께 무엇을 어떻게 해야 할지 의논해봐야겠다.

클리타임네스트라가 퇴장하면 오레스테스와 필라데스가 시종과 함께 성으로 들어간다. 노예 여인들은 모든 것이 원래대로 될 것이라는 희망의 짧은 연설을 표명했고 곧 늙은 유모가 궁전에서 나온다. 그녀는 오래전에 오레스테스의 유모였다.

[늙은 노예]

지금이 아니라면 도대체 언제? 언제 저 친절해 보이는 여자에게 오레스테스를 위한 우리의 거센 외침을 들려줄 수 있을까? 지금이 아니라면 도대체 언제? 오! 이 땅의 무덤을 지키는 언덕이여, 군대를 이끌고 온 왕의 시체를 보호해주소서. 이제 꾀 많은 설득의 여신 파이토가 함께해야 할 시간이 다가왔습니다. 우리의 기도를 들어주시고 우리를 도우소서. 이제 새 소식을 전하는 헤르메스를 위한 순간이 다가왔습니다. 땅속 깊이 감추어졌던 비밀을 드러내고 죽음의 승부를 지켜주소서.

(유모가 성에서 나온다) 낯선 자로부터 불길한 소식을 전해 들었나 보군. 오레스테스를 키운 유모가 울면서 다가오고 있는 걸 보니. 킬리사! 어디로 가는 길이요? 이 집을 떠날 작정이요? 무슨 걱정거리라도 생겼소? 이렇게 울기만 해서는 아무 소용이 없어요.

[유모]

가능한 한 빨리 아이기스토스를 불러 낯선 자가 방금 전한 소식을 자세하게, 남자들끼리만 은밀한 이야기까지 듣도록 하라는 클리타임네스트라의 명령이 있었어요. 시종들 앞에서 그 여자는 약간 슬픈 표정을 지어 보이더군요. 하지만 눈동자 깊은 곳에서는 자신에게 유리해진 상황을 즐기며 기뻐하는 모습이 더욱 뚜렷했죠.

이 집안으로 봐서는 낯선 자가 전한 소식은 너무나 엄청난 절망을 안겨주고 말았어요. 그리고 누가 오레스테스가 죽었다는 소식을 듣고 기뻐하겠어요? 오! 불쌍하고 가련한 내 신세! 얼마나 오랫동안 이 집안의 불행을 슬퍼하기만 해야 하나요? 아! 가슴이 찢어지는 것 같은 이 괴로움! 이제 더는 슬퍼할 기력조차 없는데… 그래도 지금까지의 모든 불행은 다 참을 수 있었죠. 하지만 내가 그토록 아끼고 사랑했던 오레스테스, 그 여자의 자궁에서 태어난 뒤부터 내가 맡아 길렀고 내 목숨과도 바꿀 수 있었는데, 그렇게 많은 밤을 지새우며 우는 아이를 달랬고 온갖 정성을 다 기울였지만 이제 모두 소용없는 일이 되고 말았어. 차라리 짐승을 키웠다면 보람이나 있었을 텐데.

기저귀를 찬 아기는 배가 고프거나 목이 말라도 말을 할 수 없으니 그저 울음으로 표현할 수밖에 없었죠. 어린아이의 요구를 다 알아챌 수만 있다면 내가 예언자가 됐게요? 아무튼 내가 할 수 있는 일은 기저귀를 갈아주고, 빨아주고, 간혹 아이가 원하는 것이 무엇인지 잘못 짚기도 했지만 그래도 난 오레스테스에게 어머니가 아니면서 어머니 구실을 했고 오레스테스는 잘 자라 줬죠. 아버지가 자랑스럽게 생각할 만큼. 그런데 이제 죽었다는 소식을 그 사내에게 가서 전해야 해요. 아마도 이 슬픈 소식을 반갑게 듣겠죠?

[늙은 노예]

아이기스토스가 무장을 한 채 군대를 끌고 와야 한다고 했어? 아니면 혼자서 오라고 했어?

[유모]

그 여자가 말하길 창을 든 호위병과 함께 오라고 했어요.

[늙은 노예]

그렇게 말하면 안 돼. 혼자서 오라고 해야지. 다른 사람들 눈에 띄지 않게. 이렇게 기쁜 소식을 듣기 위해선 소란을 피우면 안 돼. 빨리 가서 그렇게 전해. 좋은 소식은 구부려서 전하고 좋지 않은 소식은 바로 펴서 전해야지, 안 그래?

[유모]

그렇다면 바로 펴서 전해야 할 소식도 구부려 전해야겠네? 안 그래? 어때? 그렇지? 오레스테스가 죽었다는 소식이 당신들에겐 즐거워?

[늙은 노예]

제우스는 궂은 소식도 기쁜 소식으로 뒤바꿀 능력이 있지.

[유모]

하지만 어떻게? 오레스테스의 죽음과 함께 모든 희망이 사라졌는데.

[늙은 노예]

아직 그렇게 절망적이진 않아. 엉터리 예언자가 한 말을 생각하면.

[유모]

뭐라고? 너희가 알고 있는 게 도대체 뭐야? 어떤 예언자? 누군가로부터 뭔가 다른 소식을 들은 모양이로군.

[늙은 노예]

어서 가서 아이기스토스에게 전하기나 해. 클리타임네스트라가 시킨 대로 결국 신이 정해놓은 대로 될 수밖에 없으니까.

[유모]

그래, 가서 전하겠지만… 너희들 말대로 전하지. 신의 뜻대로. 아, 일이 끝난다면 나도 좋겠다.

(퇴장한다)

[늙은 노예]

이제 우리 뜻대로 됐어. 올림포스의 모든 신들의 아버지인 제우스이시여! 이 집에 행운을 허락하셔서 다시금 의젓하고 규모가 있는 자가 지도자의 자리를 차지할 수 있도록 도와주소서. 우리가 하는 말 한마디가 실행될 수 있도록 해주소서. 제우스이시여! 우리의 기도를 들어주소서! 제우스이시여! 당신의 정의로움을 보여주소서! 적을 향해 싸움을 준비하는 오레스테스를 지켜주소서! 제우스이시여! 당신이 도우면 그는 당신에게 두 배, 세 배로 보답할 것입니다.

당신이 아끼던 사나이가 남겨 놓은 어린 말 같은 오레스테스를 보소서. 이제 힘겨운 고통의 수레를 끌고 달릴 준비를 마쳤습니다. 목적지에 무사히 도착할 수 있도록 그를 안전하게 지켜주시고 그에게 힘과 용기를 허락해주소서.

우리의 소원을 들어주시는 신들이여! 우리를 지켜주시는 신들이시여! 저 집에서 지난날 흘린 피를 정의로움으로 씻을 수 있도록 해주소서. 이제 더는 이 집에 살인자가 없도록 해주소서. 마이아의 아들 헤르메스여! 당신은 어떻게 도와야 할지 잘 알고 계시죠. 감춰진 것이 있다면 원하는 대로 드러나게 해주시고 숨겨야 할 것을 숨길 수 있도록 해주소서. 기묘하고도 비밀스러운 주문으로 적의 눈을 칠흑 같은 어둠으로 덮으셔서 환한 대낮을 알아보지 못하도록 하소서.

아폴론이여, 델포이의 거대하고 아름다운 신전에 계신 아폴론이여, 이 나라를 돌보소서. 어둠을 뚫고 빛나는 눈동자가 갈망하는 자유를 허락해주소서. 이제 우린 모든 것을 오레스테스에게 맡깁니다. 이 나라를 구하는 여자들의 함성으로 죽은 사람의 영혼이 나타나 떠나는 배에 순조로운 바람을 약속하는 환호성 같은 마법의 힘을 지닌 외침과 함께 이제 배는 떠납니다. 무사히 목적지에 닿도록 해주십시오. 우리에게 승리를! 승리를! 죽음의 신 아테가 오레스테스를 피해 갈 수 있도록.

이제 결단의 순간이 다가왔으니 용기를 가져야 합니다. “내 아들아!”라고 외치면 “아버지를 위해서!”라고 대답해야 합니다. 이제 누구도 탓할 수 없도록 해야 합니다. 메두사를 향하는 페르세우스의 심장을 지닌 채 땅속에 묻힌 자에 대한 당신의 사랑을 보여야 합니다. 고르고의 괴물 같은 저들에게 고통을 맛보게 해야 합니다. 피에 대한 복수로 죄지은 자도 처벌해야 합니다.

(아이기스토스 등장한다)

[아이기스토스]

난 이제 여기 와 있다. 하지만 스스로 온 것이 아니라 누군가 찾는 사람이 있어 온 것이다. 낯선 자가 별로 달갑지 않은 소식을 전하고자 해서 온 것이다. 달갑지 않은 소식이란 바로 오레스테스의 죽음, 결국 와야 할 것이 온 것. 오래전에 뿌려졌던 피에 대한 원한을 품고 새로운 피로 상처를 아물게 할 자의 죽음이라? 내가 어떤 반응을 보여줘야 하나? 오레스테스가 죽었다는 것이 사실인가? 혹은 겁에 질린 여자가 바람결에 떠도는 소리를 잘못 들은 것인가? 그래서 오레스테스에게 아무 일도 생기지 않았다면? 그대들은 어떻게 생각하는가? 사실을 말하라!

[늙은 노예]

우리도 당신과 같은 이야기를 들었을 뿐입니다. 성으로 들어가셔서 낯선 자의 말을 들어보시는 게 어떻겠습니까? 남자들끼리 직접 주고받으실 수 있는 이야기를 왜 저희에게 물어보십니까.

[아이기스토스]

소식을 전해 온 자의 말을 다시 한번 확인하기 위해서지. 낯선 자가 오레스테스의 죽음을 직접 봤는지, 단지 전해들은 이야기인지 분명하지 않아. 아무튼 나에겐 남다른 안목과 식견이 있으니 아무도 내 눈을 속일 순 없을 거야.

(성안으로 들어간다)

[늙은 노예]

제우스이시여! 제우스이시여! 이제 무슨 말을 더해야 합니까? 어떻게 기도해야 합니까? 어떻게 해야 제 소원을 들어주시겠습니까? 어떻게 이 뛰는 가슴과 나의 간절한 소원을, 절실한 심정을 말로 표현할 수 있겠습니까? 날카로운 칼날로 남자들끼리 살점을 도려내는 싸움이 시작됐습니다. 이제 드디어 아가멤논의 가문이 멸망하든가 아니면 그 아들이 다시금 이 집에 자유의 불을 밝히고 아버지의 막대한 재산과 이 나라를 다스릴 권리를 얻게 되든가, 이 싸움으로 모든 게 결정될 것입니다. 오레스테스는 승리를 위해 두 사람과 싸워야 합니다. 이제 승부가 판가름나겠군요.

아이기스투스는 성 입구 근처에 서 있는 노예 여인들에게 오레스테스의 죽음에 대해 묻고 안으로 들어갔다. 노예 여인들은 아가멤논의 궁전 안에서 모든 것이 공정하게 진행되기를 바랐다. 그리고 그녀들이 궁전에서 외치는 비명이 들려왔다.

[시종]

(성안에서 뛰어나오며) 큰일이다, 큰일 났어. 낯선 자가 주인님을 죽였어! 아이기스토스가 죽었다! 빨리! 서둘러 클리타임네스트라를 불러라! 빗장을 풀고 클리타임네스트라를 불러라! 아무도 도와주지 않는구나. 주인님이 죽었다! 귀머거리에게 비명을 지르는 꼴이군. 내가 잠자다 일어나 잠꼬대로 이렇게 지껄이는 줄 알아? 클리타임네스트라는 도대체 지금 어디 있소? 뭘 하고 있느냔 말이요?

클리타임네스트라 등장한다.

[클리타임네스트라]

무슨 일이냐? 왜 이렇게 소란스러워? 누가 지른 비명이야?

[시종]

죽은 사람이 산 사람을 죽였다고밖에는 말씀드릴 수 없습니다.

[클리타임네스트라]

뭐라고? 그래. 수수께끼 같은 말이지만 알아듣겠다. 속았구나. 오! 우리가 쓴 속임수에 우리가 당하다니. 아가멤논을 죽인 도끼를 가져오너라. 빨리! 누가 이기나 어디 해보자! 운명의 끝까지 가 볼 수밖에….

성문이 열리고 오레스테스는 동료 필라데스와 함께 피 묻은 검을 들고 아이기스투스의 시체 위에 서 있다. 오레스테스는 어머니를 바라보았다.

[오레스테스]

당신을 찾고 있었지. 저자는 이미 자신의 몫을 찾았으니까.

[클리타임네스트라]

아이기스토스! 오, 사랑하는 아이기스토스! 그토록 용감했던 당신이….

[오레스테스]

이 남자를 사랑했다고? 그렇다면 이자와 나란히 똑같은 무덤에 누울 수 있도록 해주지. 하지만 시체가 되어버린 이자를 더는 믿을 수 없을 텐데?

[클리타임네스트라]

그만! 내 아들아! 두렵지 않니? 이 가슴을 봐! 이 가슴을 찌를 수 있겠어? 얌전해져야지. 아이처럼 이 가슴에 넌 침을 묻혔지? 너의 입술로 수없이 젖을 빨았지? 너를 키운 것은 바로 이 가슴이야.

클리타임네스트라는 타락한 연인이자 공모자에 대한 강렬한 슬픔을 표명했다. 그녀는 아들에게 자비를 구하며 아들에게 한때 그녀의 가슴에서 젖을 물렸다는 것을 상기시켰다. 그녀의 간청은 마침내 오레스테스의 살인적인 결심을 흔들리게 했다. 그는 주위를 둘러보고 동료 필라데스에게 돌아섰다.

[오레스테스]
필라데스! 어떻게 해야 하지? 어머니를 죽이는 일을 두려워해야 하나?

[필라데스]
아폴론의 예언은 어떻게 할 참이지? 델포이에 예언을 들으러 갔을 때 맹세했던 것을 이미 잊었어? 온 세상이 널 증오하고 적으로 삼는다 해도 신은 널 지켜주실 거야.

[오레스테스]
내 생각도 그래. 네 말이 옳아. 훌륭한 충고로 날 구하는구나. 자! 이제 이자 옆에 당신을 눕혀주겠다. 아버지를 죽이고 이자를 침대로 끌어들였지? 죽어서도 이자 옆에서 잠들겠구나. 사랑해야 할 사람은 오히려 미워하고 미워해야 할 이자를 사랑했으니까.

[클리타임네스트라]
난 너에게 젖을 주고 널 키웠다. 네 곁에서 살도록 해줄 수 없겠니?

[오레스테스]

아버지를 죽인 살인자 주제에 나와 함께 살겠다고?

[클리타임네스트라]

아버질 죽인 건 운명의 여신 모이라 때문이야.

[오레스테스]

그렇다면 당신의 죽음 역시 운명의 여신 때문이겠군.

[클리타임네스트라]

이 어머니의 저주가 두렵지 않니?

[오레스테스]

아니. 당신은 날 낳았지만, 불행에 빠지도록 내버려 뒀으니까.

[클리타임네스트라]

내가 널 버린 것이 아니야. 잠시 친구 집에 맡겼을 뿐이야.

[오레스테스]

나를? 노예가 아닌 아버지의 아들을 태연히 팔아넘기고도?

[클리타임네스트라]
누가 그런 소리를? 너를 넘겨주고 나서 어떤 대가를 받았다는 거냐?

[오레스테스]
이렇게 자세히 말하는 건 오히려 수치스러울 뿐.

[클리타임네스트라]
네 아버지가 날 속였는데도 그 사실에 대해선 말하려 하지 않는구나.

[오레스테스]
죽은 아버지를 비난하지 말아요! 당신이 집안에서 간통할 때 아버지는 적들과 싸우고 있었어.

[클리타임네스트라]
남편 없이 혼자서 그렇게 오랫동안 기다려야 한다는 건 여자에게 얼마나 견딜 수 없는 일이란 걸 알아야지.

[오레스테스]
집안에 있는 여자를 먹여 살리기 위해 남자들은 그렇게 모든 고생을 겪는데도….

[클리타임네스트라]

마치 날 죽일 것 같구나.

[오레스테스]

당신을 죽이는 건 내가 아니라 당신 자신이야.

[클리타임네스트라]

이러지 마라. 제발 진정해라. 응? 성난 개들로부터 이 어미를 좀 지켜다오. 응? 내 아들아.

[오레스테스]

나 스스로 원하지 않는데 어떻게 아버지를 따르던 개를 물리칠 수 있을까?

[클리타임네스트라]

제발, 날 더이상 무덤으로 끌고 가지 말아다오. 부탁이다.

[오레스테스]

아버지가 내린 죽음의 선고를 난 거둘 수 없어.

[클리타임네스트라]

뱀 같은 놈! 아! 이렇게 흉측한 놈을 내가 낳아 젖을 주었나?

오레스테스는 복수하려고 고향으로 돌아와 어머니를 속여 대면한다. 그는 클리타임네스트라를 살해하고 아이기스토스도 처치한다. 이 복수는 그에게 큰 대가를 치르게 한다. 어머니를 죽였다는 죄책감과 원망 그리고 심리적 고통은 복수의 여신들로부터 오레스테스를 괴롭힌다.

[오레스테스]

그래. 당신이 꿈에서 본 뱀이 바로 나야. 훌륭한 예언이었지. 당신은 해선 안 될 짓을 했고, 이제 감히 사람으로서 할 짓이 아닌 경우를 당하게 됐어.

[클리타임네스트라]

나를 죽이면 내 저주의 사냥개가 너를 물고 뜯을 것이다.

오레스테스는 복수하지 않으면 아버지의 저주에 시달릴 것이기 때문에 어머니의 저주는 괜찮다고 말한다. 그는 클리타임네스트라를 궁전으로 끌고 갔고, 문은 그들 뒤에서 쾅 닫혔다. 상상할 수 있듯이 그것은 클리타임네스트라의 종말이었다. 노예 여인들은 닫힌 문 뒤에서 무슨 일이 일어나고 있는지 곰곰이 생각했다. 그들의 반응은 복잡했다. 한편 늙은 노예는 살인자와 피해자 모두에게 미안하다고 말하며 반성한다.

[늙은 노예]

이제 우리는 피할 수 없는 운명의 심판을 경험하게 됐구나. 용감한 오레스테스가 이 집안에 내린 신의 저주를 피로 갚고 우리 모두 원했던 복수가 이루어지겠구나. 아가멤논의 집에 나타난 사자 두 마리가 각기 다른 전쟁의 신 아레스를 섬기며 싸우기 시작했고 이제 신의 도움을 받으며 나타난 자의 승리가 보장되었다.

환호성을 지르며 기쁨을 노래하자. 이 나라의 모든 불행은 사라졌다.

우리의 재산을 탕진하던 폭군은 사라졌고 옛 주인을 섬길 자가 나타났다. 비겁한 짓을 꾸민 자는 드디어 벌을 받았으며 정의의 여신으로 불리는 다이크의 불길 같은 분노가 적을 무찔렀다. 산꼭대기에 계신 예언자 록시아스가 말했던 것처럼 신을 믿지 않는 자들이 꾸민 흉계는 결국 헛된 것이 되고 말 뿐이다. 세월은 흘렀지만, 신은 악한 자를 돕지 않는 것을 증명해 보였고 감추어진 범죄가 영원히 묻히지 않음을 알게 했다.

하늘에 있는 신의 권능을 우리 모두 두려워해야 한다. 우리는 다시 빛을 보게 되었고 이 집에 몰려든 재앙은 사라졌다. 이제 시간이 흐르면 모든 것은 제자리를 되찾을 것이며 이 집에 뿌려진 불행한 피는 새로운 피로 깨끗이 씻길 것이다. 새로운 희망이 밝은 표정으로 나타날 것이며 찡그린 모습들은 영원히 사라질 것이다. 우리는 다시 빛을 보게 되었고 이 집에 몰려든 재앙은 사라졌다.

오레스테스가 성안에서 나온다.

[오레스테스]

여기 이 두 사람을 보세요. 이 나라를 공포로 다스렸던 이 두 사람을! 내 아버지를 죽인 살인자를! 이 집을 약탈하고 마음껏 쾌락을 누려왔던 이자들을 감히 왕권을 차지했던 이자를! 이들에게 어떤 운명이 찾아왔는지! 이들은 서로 맹세했죠. 내 아버지를 죽이든지 아니면 둘이 함께 죽어버리든지. 이제 이들은 둘 다 이루었습니다. 이들이 어떤 짓을 저질렀는지 당신들이 바로 증인입니다.

이걸 보세요. 기억하세요? 제 아버지의 목걸이, 갑옷, 손과 팔에 사용했던 장식들, 이 모든 것을 벗어둔 채, 그래요. 처참하게 죽어갔습니다. 만일 내가 어머니를 죽인 죄로 심판대에 서게 된다면 난 나의 정당함을 자신 있게 주장하겠습니다. 아이기스토스의 죽음에 관해선 아무 말 않겠습니다. 다른 남자의 아내를 욕보인 죄만으로도 그는 죽어 마땅했으니까. 하지만 남편을 그렇게 끔찍한 방법으로 죽일 계획을 세웠던 저 여자에 관해서는, 한때는 요람에 누운 아이를 그렇게 사랑스럽게 지켜보던 저 여자! 이젠 추악한 적으로 변해버린 저 여자! 당신들에겐 저 여자가 어떤 모습으로 보입니까? 저 여자를 어떻게 불러야 하죠? 따뜻한 물에 사는 바다뱀장어라고 부를까요? 아니면 잔뜩 독이 오른 뱀? 물리지 않고 건드리기만 해도 독을 뿜어 상처를 입히는….

그렇게도 무자비하게 아버지를 죽였던 저 여잔 어떤 생각을 지녔을까요? 도대체 저 여자는 어떤 여자였어요? 뭐라고 저 여자를 표현해야 좋을지 모르겠군요. 어떤 표현이 저 여자에게 어울릴까요? 차라리 그물이라고 하죠. 인간을 낚는 그물이라고. 사람의 두 발을 묶어 그물로 낚아채는 도둑놈들이 낯선 자를 위협해 돈을 뺏는 것처럼 사람을 그물로 낚아서 약탈하는 자는 도둑놈이죠.

[늙은 노예]

끔찍한 일이긴 하지만 당신의 분노로 저 여자는 죽였고 이제 남은 일은 죽은 자의 운명을 슬퍼하는 것이오.

[오레스테스]

슬픔이라고요? 저 여자가 슬픔이 뭔지 알고 있었어요? 내가 보여주고 싶은 건 이것뿐이에요. 보세요. 이 피 묻은 천을! 시간이 지나 핏자국이 흐려지긴 했으나 이것이 바로 증거예요. 난 여기 서 있으며 자랑스럽게 여기고 있어요. 이제 난 그 어떤 소원도 없어요. 아버지를 죽인 자들을 죽인 이 흔적만으로, 이 승리의 흔적만으로도 만족할 수 있어요.

[늙은 노예]

인간은 결코 아무런 걱정 없이 살아갈 수 없는 법. 한 가지 걱정이 풀리면 또 다른 걱정이 생기는 법.

[오레스테스]

하지만 모두 내 말을 들어보세요. 나도 아직 잘 모르겠어요. 이 일이 어떻게 끝날지는… 고삐 풀린 망아지처럼 걷잡을 수 없는 생각이 나를 사로잡아 승리의 노래를 외치며 날 끌고 다닐 것만 같아요. 하지만 내 가슴속에선 불안이 싹트고 불길한 예감을 숨길 수 없군요. 심장이 춤추듯 흔들리고 있어요. 내가 제정신일 때 당신들에게 뭔가를 말해둬야만 하겠어요. 난 아버지를 죽인 어머니를 정당하게 죽였다고요. 하지만 이 핏자국은 신의 분노를 사기에 충분할 테죠? 록시아스의 예언을 들었어요. 만일 그렇지 않다면?

죄라고 말하고 싶진 않아요. 그 어떤 화살도 내가 겪는 이 고통스러운 순간까지 닿을 수 없을 테니까. 이제 다시 한번 날 쳐다봐요. 난 이미 준비가 다 되었어요. 아폴론이 계시는 델포이로 가서 영원히 꺼지지 않는 불 앞에다 기름을 바르고는 어머니를 죽인 사실을 알리겠어요. 이 세상의 어떤 군대도 내 길을 막지 못할 것이고 여기에서 일어난 일을 잊지 않은 채 이곳 사람으로 행동할 것입니다. 하지만 난 이 땅에서 쫓겨나 미치광이가 될 것이고 죽음과 삶의 경계를 넘나들게 될 것입니다.

[늙은 노예]

당신의 행동은 옳았소. 생각나는 대로 함부로 말해선 안 돼. 더는 불길한 말을 입에 담지 말라! 당신은 우리를 해방시켰고 이 나라에 평화를 보장해줬어. 이 땅을 지배하던 뱀 두 마리를 아주 날쌔게 정확한 솜씨로 처치했을 뿐.

[오레스테스]

아! 저 여자들은 도대체 누구지? 저길 봐! 메두사의 머리를 하고 있는 저 여자들을! 저기! 그리고 저기도! 검은 옷을 입고… 수많은 뱀으로 둘러싸여 있어. 이제 더는 여기 머물러 있을 수 없어.

[늙은 노예]

뭘 보고 그러는 거지? 환상일 뿐이야. 정신 차려! 죽은 아버님을 생각해서라도! 진정해! 겁내지 말고! 당신은 승리자야!

[오레스테스]

이건 환상이 아녜요. 나에게 다가오는 이 끔찍한 것들은. 난 분명히 저것들을 보고 있어. 죽은 어머니를 쫓아다니던 미친개들이야.

[늙은 노예]

그 여자의 피가 아직 당신 손에 묻어 있어. 그래서 잠시 헛것이 보인 거야.

[오레스테스]

아폴론이여! 도와주소서! 저기! 점점 더 많아지고 있어. 저것들 눈 속에서 증오의 눈물이 피처럼 흘러나오고 있어. 피처럼!

[늙은 노예]

죄책감 때문에 그래. 진정해. 마음을 가라앉히면 다 사라질 거야. 아폴론이 널 지켜주실 것이며 고통에서 벗어나게 해주실 거야.

[오레스테스]

당신들의 눈에는 저것들이 보이지 않는단 말인가요? 내 눈엔 뚜렷하게 보이는데도? 이제 나에게 덤벼드는군 더는 여기 이렇게 있을 수 없어.

(퇴장한다)

[늙은 노예]

신의 은총과 함께 행운이 있기를! 신의 보호로 곧 제정신을 차리면 좋으련만. 이게 세 번째 폭풍우로구나. 이 집안을 휘몰아쳐 지나간. 첫 번째 폭풍은 어린아이를 죽이면서 티에스테스에게 불행을 안겨줬고, 두 번째 폭풍은 전쟁의 영웅 아가멤논을 죽였으며, 마지막으로 닥친 폭풍은 우릴 구원해줄 것 같았는데… 오히려 우리를 파멸로 몰아갈 걱정인가? 앞으로 어찌 될지는 아무도 알 수 없는 일. 사나운 죽음의 여신 아테가 오레스테스의 생명을 빼앗아갈지 혹은 잠시 그를 괴롭히다가 놓아줄지 우리로서는 도저히 짐작조차 할 수 없는 일.

18. 자비의 여신들

《아이스킬로스의 3부작 오레스테이아》

델포이에 있는 아폴론의 신전, 신의 여사제인 피티아가 성전 문간에 서서 기도하고 있다. 피티아는 아폴론이 델포이에 처음 왔을 때를 회상하고 제우스와 강력한 아테나를 기리는 선언을 했다. 성전으로 들어간 여사제는 공포에 질려 달려나온다. 그녀는 방금 본 끔찍한 광경을 묘사한다. 핏자국으로 얼룩진 성전, 피 묻은 칼을 들고 있는 남자가 간청자의 자세로 제단 돌에 무릎을 꿇고 있다. 그의 주변 바닥에 잠들어 있는 것은 검은 옷을 입은 반항적인 추악한 무리이다. 여사제는 다시 공포에 질려 말을 잇는다.

[피티아]

아, 말하기도 끔찍하고 눈으로 보기에도 끔찍한 것들이 나를 아폴론의 신전에서 밖으로 도로 내쫓는구나. 나는 힘이 빠져 똑바로 서 있을 수가 없어 날랜 넓적다리들이 아니라 두 손으로 달려나오고 있어요. 나이 많은 여인은 겁에 질리면 아무것도 아녜요. 아니, 어린애 같지요.

수많은 화관으로 장식된 맨 안쪽으로 들어갔을 때, 나는 신들에게 미움받는 한 청년이 대지의 배꼽(옴팔로스) 돌에 탄원자의 자세로 앉아 있는 것을 봤는데, 피가 뚝뚝 흐르는 두 손에 최근에 뺀 칼과 우뚝 자란 올리브 나뭇가지를 들고 있었고, 그 청년 앞에는 해괴망측한 여인의 무리가 앉은 채 잠들어 있었어요. 나는 그들을 여인들이 아니라 고르고 자매들이라고 부르겠어요. 아니, 그 모습은 고르고 자매들과도 달라요.

전에 나는 피네우스에게서 음식을 낚아채가는 여인들의 그림을 본 적이 있는데, 저기 저 여인들도 날개만 보이지 않을 뿐 검고, 전체적으로 구역질이 났어요. 가까이할 수 없는 입김을 내뿜으며 코를 골고 있는데 그들의 눈에서는 역겨운 액즙이 떨어지고 있었어요. 그들의 복장은 그것을 입고서는 신상들에 다가가기에도, 인간의 집에 들어가기에도 마땅찮은 그런 것이에요. 나는 이들 무리가 소속된 부족을 아직 본 적이 없으며, 어느 나라가 피해를 입지 않고 또 기른 노고를 후회하지 않고 그런 족속을 길렀다고 자랑하는지 모르겠어요. 앞으로 이 일은 이 신전의 주인이신 강력하신 아폴론께서 맡으셔야 해요. 그분께서는 예언자 겸 치유자이신지, 조짐을 올바로 해석하여 다른 사람들도 집에서 부정을 깨끗이 몰아낼 수 있게 해주시니까요.

문이 열리면서 신전 내부가 드러난다. 장면은 여사제가 묘사한 대로다. 아폴론과 헤르메스가 오레스테스 옆에 서 있다. 아폴론은 오레스테스를 버리지 않을 것이라고 약속한다. 그는 복수의 여신 퓨리가 대지의 가장 깊은 창자에서 온 생물이며 인간만큼이나 신들에게 미움받는 존재라고 말한다. 그들은 오레스테스가 가는 곳마다 좇을 것이지만, 그는 그들의 고통을 견뎌야 한다고 힘을 북돋는다. 결국 오레스테스는 고난을 끝내기 위해 아테나 여신의 거룩한 도시인 아테네의 성소를 찾을 것이다.

[오레스테스]

아폴론 신이시여, 그대는 올바른 행동이 무엇인지 알고 계시니, 보살펴주는 것이 무엇인지도 알고 계셔야 합니다. 그대의 힘은 내게 약속하신 도움을 담보해줄 것입니다.

[아폴론]

나는 결코 그대를 버리지 않을 것이다. 나는 끝까지 보호자로서 그대를 가까이에서 지켜줄 것이고, 설혹 멀리 떨어져 있더라도 그대의 적들에게 상냥하지는 않을 것이다. 그대는 지금 이 미친 것들이, 역겨운 처녀들이, 어떤 신도 어떤 인간도 어떤 짐승도 한데 어울리지 않는 아직도 소녀라 할 수 있는 이 노파들이 내게 사로잡혀 곯아떨어져 자는 것이 보이지 않느냐! 이들은 악을 위해 태어났다. 그래서 이들은 사악한 어둠 속에, 지하 타르타로스에 살며, 인간들에게도 올림포스의 신들에게도 미움받는다.

하지만 그대는 계속 달아나지 말고 나약해지지 말라. 이들은 그대가 떠돌아다닐 대지를 끊임없이 거닐며 넓은 본토를 지나 그리고 바다 위와 바닷물에 둘러싸인 도시들을 지나 그대를 뒤쫓을 것이다. 그러니 그대는 그러한 고난의 풀밭으로 내몰리더라도 미리 지치지 말고, 팔라스의 도시로 가서 탄원자로서 앉아 여신의 오래된 신상을 꼭 껴안도록 하라! 그곳에서 우리는 이 사건의 재판관들과 그들의 마음을 설득할 말들을 갖게 될 것이며, 이 노고에서 그대를 해방해줄 수단을 발견하게 될 것이다. 어머니를 죽이도록 그대를 설득한 것은 나다. 명심하고, 공포가 그대의 마음을 제압하지 못하게 하라.

(헤르메스에게) 같은 아버지에게서 태어난 내 아우 헤르메스여, 그대는 이 사람을 보호해주고 별명에 걸맞게 호송자가 되어 내 탄원자인 이 사람을 잘 인도해주시오. 존경받아 마땅한 나그네는 제우스께서도 존중하시고 그는 곧 훌륭한 호송을 받으며 인간들에게 돌아갈 것이기 때문이지요.

잠시 후, 클리타임네스트라의 혼령이 들어온다. 그녀는 분노와 복수의 여신 퓨리가 잠들었고 그녀의 살인자인 오레스테스가 탈출하도록 허용했다는 사실에 분노한다. 그녀는 그들의 실패에 대해 욕하고 살아 있는 동안 그들에게 바친 많은 제물을 상기시킨다. 분노의 여신 퓨리는 깨어나 오레스테스가 그들을 피했다는 사실을 깨닫고 화를 낸다. 클리타임네스트라의 혼령은 그들에게 범인을 찾아 죽을 때까지 괴롭힐 것을 촉구한다.

[클리타임네스트라의 혼령]

그대들은 한가로이 잠에 빠져 있소? 그대들 때문에 나는 사자들 사이에서 이런 수모를 당하는데? 내가 죽인 자들이 나를 비난하는 목소리가 사자들 사이에 끊임없이 울려 퍼져 수치스럽게도 나는 떠돌아다니고 있소. 그대들에게 솔직히 말하지만, 그들은 내게 가장 무거운 죄를 씌우고 있소. 가장 가까운 혈육에 의해 이런 끔찍한 일을 당했건만, 내가 모친 살해범의 손에 살해되었다고 해서 노여워하는 신은 아직 하나도 없소. 그대는 마음의 눈으로 여기 이 치명상을 보시오. (마음이 잠들면 눈은 환히 밝아지는 데 반해, 환한 대낮에는 우리 인간들은 앞을 내다보지 못하오.)

얼마나 많은 제물을 그대들은 홀짝거리며 내게서 받아 마셨소! 그대들에게 나는 포도주 없는 제주와 마음을 달래는 주기 없는 음료들을 부어드렸으며, 불기 있는 화롯가에서 신성한 밤참을 제물로 바치곤 했소. 하지만 보아하니 그 모든 것이 짓밟히고 마는 것 같소. 녀석이 그대들에게서 벗어나 새끼 사슴처럼 달아나고 있소. 아니, 녀석은 발걸음도 가벼이 덫 한복판에서 빠져나가 그대들에게 심한 조롱의 눈길을 보내고 있소. 내 말 들으시오. 나는 내 혼령을 위해 말하고 있소. 제발 정신 좀 차리시오, 그대들 지하의 여신들이시여! 나 클리타임네스트라가 지금 꿈속에서 그대들을 부르고 있소.

[복수의 여신들 잠꼬대]

그대들은 신음하고 있소? 하지만 녀석은 벌써 달아났소. 더이상 내 아들이 아닌 녀석을 돕는 이들이 있기 때문이오. 그대는 내 고통을 불쌍히 여기지 않고 쿨쿨 잠만 자는구려, 이 어미를 죽인 살인범 오레스테스는 떠나고 없단 말이오. 그대는 비명을 지르며 여전히 자는구려. 어서 일어나지 못해요? 재앙을 가져다주는 것 말고 대체 무엇이 그대의 소임이오? 둘이서 힘을 모으면 강력한 힘을 갖게 되는 잠과 노고가 무시무시한 암용의 기운을 완전히 마비시킨 게로구나. (잇달아 크게 신음한 다음) 잡아, 잡아, 잡아, 잡아! 저길 봐!

[클리타임네스트라의 혼령]

그대는 꿈속에서 사냥감을 추격하며, 마치 잠시도 자기 소임을 잊지 않는 사냥개처럼 짖는구려. 대체 뭘 하는 것이오? 일어나시오! 노고에 제압되지 말고 잠에 무기력해져 고통을 외면하지 마시오. 그대는 정당한 비난이 안겨주는 아픔을 마음속으로 느껴보시오. 지혜로운 이들에게 정당한 비난은 채찍과도 같소. 그대는 입김과 함께 피를 내뿜으며 바람처럼 뒤에서 몰아쳐 김과 내장의 열기로 녀석을 바싹 말려버리시오. 자, 뒤쫓아 가 두 번째 추격으로 녀석을 쓰러뜨리시오.

분노와 복수의 여신 퓨리가 깨어나자 클리타임네스트라의 혼령은 사라지고, 퓨리는 '사냥당한 짐승'인 오레스테스의 탈출에 대해 화를 내며 울부짖는다. 그들은 아폴론이 도망가도록 도와줌으로써 타당성의 한계를 넘어섰다고 분개한다. 그들은 아폴론과 다른 '젊은 신들'이 무력 사용을 통해 주권을 얻었으며 고대 신들과 법에 대한 존경심이 부족하다고 비난한다. 퓨리는 오레스테스가 아폴론의 간섭에도 불구하고 결코 그들을 피할 수 없을 것이라고 외친다. 클리타임네스트라의 살인은 결국 같은 가족의 일원에 의해 복수될 것이며, 따라서 아트레우스 가족에 대한 피의 저주를 다음 세대로 가져갈 것이다.

[복수의 여신]

아, 이럴 수가! 자매들이여. 우린 당했소. 나는 그토록 당했건만 다 허사가 되었소. 아, 슬프도다. 우리는 비참한 고통을 당했소. 참을 수 없는 고통이 덫에서 빠져나갔소. 그 사냥감이 잠에 제압되어 잡았던 것을 놓쳐버렸소.

[복수의 여신1]

아, 제우스의 아들이여, 교활한 도둑이여, 그대는 젊은 신으로서 연로한 여신들을 짓밟고 탄원자를, 무도한 인간을, 제 어미의 원수를 존중하고 있소. 그대는 신이면서도 모친 살해범을 훔쳐갔소. 여기 이들 중에 누가 그것을 옳은 행동이라 하겠소?

[복수의 여신2]

꿈속에서 원성이 들려오더니 마부처럼 몰이 막대기의 한가운데를 잡고는 후려쳤소. 내 심장을, 내 간을, 그리하여 준엄한 형리의 태형에 싸늘한 전율이 무겁게 나를 엄습하는구나.

[복수의 여신]

젊은 신들은 그처럼 처신하고 있소. 정당한 몫을 넘어 절대 권력을 휘두르며 왕좌는 머리에서 발끝까지 온통 핏덩이를 뒤집어쓰고 있고, 대지의 배꼽이 피의 끔찍한 오염을 제 몫으로 차지한 것을 볼 수 있구나!

[복수의 여신1]

그는 예언자면서도 자신의 화롯가에서 그런 오물로 자기집 맨 안쪽을 더럽혔구나. 자진하여, 자청하여, 신들의 법을 어기며 인간들을 존중하고, 먼 옛날에 주어졌던 몫을 짓밟는 그는….

[복수의 여신2]

그는 나도 모욕했으니 녀석을 풀어주지는 못 하리라. 설사 지하에 숨는다 해도 녀석은 자유의 몸이 되지 못하리라. 어디로 가든, 녀석은 결국 같은 핏줄의 다른 응징자와 맞닥뜨리리라.

[아폴론]

(신전 안에서 나타나며) 나가시오. 명령이오. 어서 이 집에서 물러가고 이 예언의 성소를 떠나시오. 그대들이 시위에서 튀어나간 날개 달린 번쩍이는 뱀에 물려 괴로운 나머지 인간들에게서 빨아 마신 검은 거품을 토하고, 살육할 때 핥아 마신 핏덩이를 내뱉는 일이 없도록! 이 신전은 그대들이 접근할 곳이 아니오. 아니, 그대들은 목을 베고 눈을 파내는 판결이 내려지고 집행되는 곳으로, 거세에 의해 소년들의 양기가 꺾이고, 사지가 절단되고, 돌로 쳐죽이는 곳으로 그리고 말뚝에 척추가 꿰뚫린 자들이 길게 비명을 지르며 신음하는 곳으로 가시오!

그대들은 들었겠지요. 그대들이 그런 잔치를 좋아하는 까닭에 신들에게 얼마나 미움받는지? 그대들 외모 하나하나가 그것을 말해주오. 그런 무리에게는 피를 핥아 마시는 사자굴이 거처로 어울리고, 이 예언소에서는 누구든 가까이 있는 이들을 오염시켜서는 안 될 것이오. 물러가서 목동 없는 가축 떼처럼 헤매시구려. 그런 무리는 어떤 신도 좋아하지 않기 때문이오.

[복수의 여신]

아폴론 신이여, 그대는 내 말도 들어보시오. 그대는 이 신전을 오염시킨 공범이 아니라 단독 정범이니, 모든 책임은 그대에게 있어요.

[아폴론]

어째서 그렇지요? 말을 계속해 보시오.

[복수의 여신]

그대가 그 이방인에게 어머니를 죽이도록 명령하지 않았던가요?

[아폴론]

나는 그에게 아버지의 원수를 갚으라고 명령했소. 왜 안 되오?

[복수의 여신]

그리고 그대는 방금 피를 흘린 살인자를 자청하여 받아주었소.

[아폴론]

나는 다만 그에게 탄원자로서 이 집을 찾도록 지시했소.

[복수의 여신]

그런데 그대는 그의 호송자인 우리를 비난하시는구려.

[아폴론]

그렇소. 그대들은 이곳에 접근하기에 적절하지 않기 때문이오.

[복수의 여신]

하지만 그것은 우리에게 주어진 임무요.

[아폴론]

거참, 대단한 명예로군. 그 아름다운 권리를 실컷 뽐내시구려!

[복수의 여신]

우리는 모친 살해범을 집에서 내쫓고 있는 것이오.

[아폴론]

그렇다면 남편을 죽인 여인은 어떻게 하고?

[복수의 여신]

그것은 같은 혈족에 대한 살인이라고 할 수 없지요.

[아폴론]

정말이지 그대는 혼인을 이루어주시는 헤라와 제우스의 혼인 서약마저 아무 가치 없는 것으로 무시하는구려. 인간들에게 가장 소중한 것을 가져다주는 퀴프리스마저 그대의 그 말에 명예가 실추되고 마는구려. 사실 남자와 여자의 혼인은 운명에 의해 정해지는 것이고 맹세보다 더 위대한 것이기에 정의의 보호를 받는 것이 아니겠소. 부부가 서로 죽여도 그대가 우유부단하게 그들을 벌주지 않거나 화를 내며 지켜보지 않는다면, 나는 그대가 오레스테스를 집에서 내쫓는 것을 옳다고 인정할 수 없소. 보아하니 그대는 한쪽 일에 대해서는 마음에 깊이 새기면서 다른 쪽 일에 대해서는 분명 더 너그럽게 행동하기 때문이오. 이 일들에 대한 재판은 팔라스 여신이 지켜볼 것이오.

[복수의 여신]

내가 녀석을 놓아주는 일은 절대로 없을 것이오.

[아폴론]

그렇다면 그를 추격하여 스스로 노고를 늘리시구려.

[복수의 여신]

그런 말로 내 명예를 실추시키지 마시오.

[아폴론]

그대의 명예라면 가지라고 해도 받지 않겠소.

[복수의 여신]

그대는 제우스의 왕좌 옆에서 아주 위대한 자라 일컬어지니까요. 하지만 어머니의 피가 나를 몰아대니, 나는 녀석을 벌주기 위해 뒤쫓을 것이고 사냥하여 쓰러뜨릴 것이오.

[아폴론]

나는 탄원자를 도와주고 보호할 것이오. 내가 그를 의도적으로 버린다면, 인간과 신 사이에 탄원자의 원한이 기승을 부릴 테니 말이오.

장면은 아테네의 중앙 광장인 아크로폴리스로 바뀌는데, 여기서 오레스테스는 아테나 신전 앞에 무릎을 꿇고 그녀에게 분노로부터 보호해 달라고 기도한다. 그는 아폴론이 자신을 그녀에게 보냈다고 설명하고 미래의 재판에서 그녀의 결정을 기다릴 것이라고 말한다.

[오레스테스]

(등장하여) 아테나 여왕이시여, 나는 아폴론의 명으로 여기 왔나이다. 그대는 이 탄원자를 호의로써 받아주소서. 하지만 나는 이미 정화가 필요하지도 손이 불결하지도 않나이다. 아니, 내 피의 얼룩은 남들과 함께 여행하고, 남들의 집을 방문함으로써 흐릿해지고 이미 닳아 없어졌나이

다. 나는 육지와 바다를 가리지 않고 떠돌아다녔으니까요. 아폴론의 지시를 충실히 따르며 나는 그대의 집과 신상에 다가가고 있나이다. 여신이시여! 나는 여기서 파수를 보며 재판의 결말을 기다릴 것이옵니다.

퓨리들은 마침내 오레스테스를 찾았다는 사실에 기뻐하며 입장한다. 그가 도주 중에 자신을 다치게 한 것을 지적하고, 그들은 그를 계속 괴롭히고 그들을 피하려고 시도한 그를 처벌하겠다고 맹세한다. 그들은 오레스테스에게 그가 흘린 어머니의 피를 상기시키고, 이제 그의 피를 대가로 받아 그의 뼈에서 골수를 빨아들여야 한다고 주장한다. 그들은 또한 오레스테스에게 죽어서도 자기 잘못에 대해 영원히 처벌받을 것이라고 말한다.

[복수의 여신]

됐소! 이건 분명 녀석의 흔적이오. 마치 사냥개가 부상당한 새끼 사슴을 찾아내듯, 우리는 떨어지는 핏방울을 좇아 녀석을 찾아낼 것이오. 인간을 기진맥진하게 하는 수많은 노고로 말미암아 내 가슴은 헐떡이고 있소. 우리는 떼를 지어 온 대지를 횡단했고, 날개도 없이 바다 위를 날아 녀석을 예까지 뒤쫓으며 날랜 배에도 뒤지지 않았소. 지금 녀석은 분명 여기 어딘가에 웅크리고 있을 것이오. 사람의 피 냄새가 나를 향해 웃고 있으니 말이오.

[복수의 여신1]

보고 또 보시오. 사방을 살펴보시오. 모친 살해범이 대가도 치르지 않고 몰래 달아나는 일이 없도록! 바로 여기 있구나. 녀석은 도움을 청하며 불멸의 여신의 신상을 껴안고는 자신의 빚을 여신의 정의에 맡기려 하는구나. 그렇게는 안 되지. 땅에 쏟아져, 아, 다시는 되돌릴 수 없는 어머니의 피가 땅바닥에 흘러내려 없어졌는데!

안 돼, 갚아야 해. 우리는 살아 있는 네 몸에서 걸쭉한 붉은 액체를 빨아 마실 거야. 나는 너한테서 실컷 마시고 싶어, 인간은 마실 수 없는 음료를! 너를 산 채로 쇠약하게 해서 저 아래로 끌고 갈 테야. 네가 모친 살해죄의 대가를 고통으로 치르도록. 너는 보게 되리라. 다른 사람도 신과 주객과 사랑하는 부모에게 불경한 죄를 짓는 자는 누구든 그 죄에 상응하는 고통을 당한다는 것을. 하데스는 지하 깊숙한 곳의 위대한 심판관이시니까. 그분은 만사를 보시고 마음의 서판에 새겨두시지.

[오레스테스]

고통을 통해 배운 덕분에 나는 정화의 방법을 많이 알고 있으며, 어떤 상황에 말을 하고 어떤 상황에 침묵해야 하는지도 알고 있소. 한데 지금 이런 처지에서는 말을 하라고 현명하신 내 스승님께서 지시하셨소. 이제 피는 잠들고 내 손에서 말라버렸으며, 모친 살해의 오염은 씻겨나갔소이다. 오염은, 아폴론 신의 화롯가에서 새끼 돼지의 제물에 의해 정화되고서 제거되었던 거요. 내가 얼마나 많은 사람을 찾아갔는지. 그분들은 나와 만났어도 피해 입지 않았소. 처음부터 시작하자면 이야기가 길

오레스테스는 어머니를 죽인 죄책감과 복수의 여신(에리니에스)으로부터 공격받아 극심한 고통에 시달린다. 복수의 여신은 그를 끊임없이 괴롭히며 그의 마음속에 고통과 불안을 일으킨다. 이러한 심리적 갈등은 오레스테스의 복수 후 그가 마주하는 도덕적 딜레마를 상징한다.

어질 것이오. (세월이 지나면 모든 것이 정화되게 마련이니까요.)

그래서 나는 지금 깨끗한 입에서 상서로운 말로 이 나라의 여주인 아테나를 부르는 것이오. 오셔서 나를 구해 달라고. 그렇게 해주시면 여신께서는 창 없이도 나와 내 나라와 아르고스 백성들을 언제까지나 진실로 충실한 동맹군으로 얻게 되실 것입니다. 그러니 여신께서는 리뷔에 땅의 들판에서, 당신이 태어나신 트리톤의 강물 옆에서 친구들을 돕고자 다리를 곧추세우신 채, 또는 다리를 덮으신 채 걸음을 옮기고 계시든, 플레그라오 평야에서 대담한 장군처럼 주위를 두루 살펴보고 계시든 오셔서, 이 곤경에서 나를 구해주소서!

[복수의 여신]

천만에, 아폴론도 아테나의 힘도 버림받고 헤매지 않도록 너를 구해주지 못할 것이다. 마음속 어디에 즐거움이 있는지조차 잊어버린 채 너는 우리 여신들의 먹이가 되어 피를 모두 빨리고 그림자가 되리라. 너는 대답하지 않는 것이냐, 내가 한 말을 내뱉는 것이냐? 너는 사육되어 내게 제물로 바쳐졌으니 산 채로 먹힐 것이고, 먼저 제단 옆에서 도살되지는 않으리라. 너를 결박할 노래를 듣도록 하라.

[복수의 여신1]

자, 우리 모두 어우러져 윤무를 추자. 무시무시한 노래를 부르며 그리고 인간의 운명을 우리 일행이 어떻게 그들에게 나눠주는지 말해주기로 했으니까. 우리는 스스로 준엄하고 공정하다고 생각한다네. 깨끗한 마음으로 깨끗한 손을 내미는 자에게는 결코 우리의 노여움이 다가가지 않을 테니. 그는 인생을 무사통과할 수 있다네, 하지만 여기 이자처럼 죄를 짓고도 피 묻은 손을 감추는 경우 우리는 정직한 증인으로서 피살자를 돕고자 나타나서 우리가 유혈의 복수자임을 그자에게 보여주리라.

[복수의 여신2]

어머니여, 죽은 자들과 산 자들에게 복수의 여신으로 나를 낳아주신 어머니 밤이여, 내 말을 들어주소서. 레토의 자식이 내게 불명예를 안겨주고 있나이다. 그는 저기 저 토끼를, 모친 살해를 정화하기에 적합한 제물을 내게서 빼앗아갔나이다.

[복수의 여신]

희생될 저 제물에 대한 우리의 노래는 이러하다네. 착란이여, 정신을 혼란시키는 광기여, 복수의 여신들이 부르는 마음을 결박하고 악기를 싫어하는 노래여. 인간들을 말려버려라!

[복수의 여신1]

그런 몫을 우리가 영원히 가지도록 가차없는 운명의 여신이 실을 자았으니, 인간들 가운데 까닭 없이 악행을 저지르는 자를 우리는 그가 지하로 들어갈 때까지 미행한다네. 그자는 죽어서도 자유의 몸이 되지 못한다네.

[복수의 여신2]

우리가 태어날 때 그것은 우리 몫으로 주어졌다네. 그리고 불사신들과 접촉하지 않는다는 것도. 우리와 함께 회식하는 불사신은 아무도 없지 않은가! 그리고 흰 옷을 가까이하지 않는 우리는 인간들의 즐거운 모임을 멀리한다네.

[복수의 여신]

왜냐하면 우리는 가정의 전복을 택했으니까. 집안에서 자란 폭력이 가족 중 한 명을 죽이면, 우리는 얼씨구나 하고 그자를 뒤쫓는다네. 그자가 아무리 강해도 방금 쏟은 피 때문에 우리는 그자를 없애버린다네.

[복수의 여신1]

나는 모두에게 이 일을 덜어주기를 열망하며 나의 노력으로 신들이 이 일을 면제받게 해주었고, 그리하여 그들은 예비 심문조차 할 필요가 없다네. 하거늘 제우스의 피를 뚝뚝 듣는 가증스러운 우리 종족을 자기와 함께할 자격이 없다고 생각했다네.

[복수의 여신2]

자신에 대한 인간들의 환상은, 그것이 살아 있는 동안 제아무리 드높아도 결국은 녹아 아무런 명예도 없이 지하로 소멸되고 만다네. 검은 옷 펄럭이는 우리의 공격 앞에, 성난 우리의 발 춤 앞에!

[복수의 여신]

나는 높이 솟구쳐 올랐다가 묵직이 떨어지며 발의 힘을 아래로 모아 힘껏 달리는 자에게 딴죽을 걸어 참을 수 없는 재앙을 안겨준다네.

[복수의 여신1]

그자는 넘어지면서도 부상에 정신을 잃고 그것을 모른다네, 그런 것이라네, 그자의 머리 위를 맴도는 오염의 먹구름은. 그리고 그의 집을 짓누르는 캄캄한 안개에 관하여 슬픔에 찬 목소리가 울려 퍼진다네.

[복수의 여신2]

그것은 변함없다네. 지략이 뛰어나고, 반드시 성취하고 말며, 악행을 기억하는 두려운 여신들은 인간들의 애원에도 누그러지지 않고 명예도 없이 온갖 멸시에도 소임을 다한다네. 신들과 떨어져 햇빛 없는 암흑 속에서. 그 소임은 또한 산 자들에게도 죽은 자들에게도 똑같이 바위투성이의 험한 산길이라네.

[복수의 여신]

인간들 가운데 누가 내게서 운명에 의해 정해지고 신들이 인정한 완전한 규약을 듣고도 경외하고 두려워하지 않는가? 내게는 오랜 권위가 있고. 나를 존중하는 자들도 없지 않다네. 내 비록 지하의 컴컴한 곳. 햇빛 없는 암흑 속에 살지라도.

복수의 여신들이 위협을 끝내고 오레스테스에게 위험할 정도로 가까이 다가갔을 때 여신 아테나가 등장하였다. 그녀의 갑옷은 빛났고 손은 큰 방패와 창을 움켜쥐었다. 아테나는 아크로폴리스에서 열리는 대회에 재빨리 참가했다. 그녀는 방금 트로이에서 왔다고 말했다. 짧은 대화 후, 복수의 여신은 아테나에게 자신들이 왜 이곳에 있는지 말했다. 그들은 오레스테스가 어머니를 죽였다고, 오레스테스는 대가를 치러야 한다고 말했다. 그러나 아테나는 언제나 현명하게 이야기의 양면을 들어야 하며 정의를 위해 봉사해야 한다고 말한다. 복수의 여신들은 아테나가 진정으로 정의를 실현한다면, 그녀가 그들에게 존경심을 보였기 때문에, 사건을 판단하도록 허용할 것이라고 대답한다.

[아테나]

(무장한 채 등장하며) 머나먼 스카만드로스 강변에 머물던 내게 외치는 소리가 들려왔소. 그곳은 내가 점유한 땅이오. 그곳은 아카이오이족 장수들과 대장들이 창으로 얻은 전리품 가운데 큰 몫으로서 나에게 완전히 그리고 영구히 나누어준 곳이오. 테세우스의 자손들을 위한 정선된 몫으로 말이오. 그곳으로부터 나는 지칠 줄 모르는 발걸음을 재촉하여 날개도 없이 아이기스의 자락을 휘날리며 오는 길이오. (이 힘센 말들을 전차 앞에 매고서 말이오.)

한데 지금 이 나라를 찾은 낯선 방문객들을 보니 두렵지는 않으나 기이하구려. 그대들은 대체 뉘시오? 그대들 모두에게 묻는 것이오. 내 신상 옆에 앉아 있는 저기 저 이방인과 태어난 존재들의 어떤 종족과도 같지 않고, 신들이 보아 온 여신들 축에 끼지도 않으며, 그 생김새가 인간들과도 비슷하지도 않는 그대들 말이오. 과오가 없는데도 이웃을 모욕한다는 것은 정의와는 거리가 멀고 예의에도 어긋나는 짓이오.

[복수의 여신]

간단히 자초지종을 말하겠어요. 제우스의 따님이여! 우리는 밤의 영원한 딸들이며, 지하에 있는 집에서는 '저주'라고 불리지요.

[아테나]

이제 그대들의 가계와 이름은 알겠소.

[복수의 여신]

그럼 명예로운 우리의 소임에 관해서도 말하겠어요.

[아테나]

내가 알 수 있게 분명히 말해주길 바라오.

[복수의 여신]

우리는 살인자들을 집에서 내쫓는 일을 합니다.

[아테나]

그러면 그 살인자들에게 도주의 종점은 어디요?

[복수의 여신]

낙이라고는 없는 곳이지요.

[아테나]

그대는 저 사람을 괴롭혀 그렇게 도주하게 하는 것이오?

[복수의 여신]

저자는 자기가 어머니를 죽일 자격이 있다고 여겼답니다.

[아테나]

다른 강압 때문이오? 누군가의 원한이 두려웠던 것이오?

[복수의 여신]

아니, 자기 어머니를 죽이게 하는 그런 몰이 막대기가 어디 있겠어요?

[아테나]

여기 양쪽이 다 있는데 나는 지금 한쪽 말만 들었소.

[복수의 여신]

그는 맹세하지도, 받으려 하지도 않을 것이오.

[아테나]

그대는 옳게 행동하기보다 옳다는 평을 듣고 싶어 하는군요.

[복수의 여신]

어째서요? 뛰어난 지혜를 지닌 그대가 가르쳐주시오.

[아테나]

맹세 따위로 불의가 이길 수는 없다는 말이오.

[복수의 여신]

그렇다면 심문하되, 공정한 재판으로 심판하시오.

[아테나]

그대들은 이 소송의 판결을 내게 맡기는 것이오?

[복수의 여신]

그럴 수밖에요. 그래야 존경스러운 분에 걸맞게 존경할 수 있겠지요.

[아테나]

이방인이여, 다음은 그대 차례니라. 이에 대해 무슨 말을 하려는가? 그대는 먼저 고향과 가문, 불행을 말하고 나서 저들의 비난을 물리치도록 하라. 만약 그대가 진실로 익시온 같은 존경스러운 탄원자로서 자신의 정의를 믿고 여기 내 신상을 지키며 내 화로 가까이 앉아 있다면 말이다. 이 모든 것에 대해 그대는 알기 쉽게 대답하라.

[오레스테스]

지혜의 여신 아테나시여, 저는 먼저 여신님의 마지막 말씀에 잠들어 있는 큰 염려부터 덜어 드릴까 합니다. 저는 탄원자가 아니며, 손이 오염된 채 여신님의 신상 앞에 앉아 있는 것이 아닙니다. 이에 대해 확실한 증거를 말씀드리겠습니다. 법에 따르면, 손에 피를 묻힌 자는 피의 오염을 정화할 수 있는 이가 젖먹이 새끼 돼지를 제물로 바쳐 그 피로 오염을 정화할 때까지는 일절 말을 해서는 안 된다고 합니다. 한데 저는 오래전에 다른 사람들의 집에서 짐승들의 피와 흐르는 물에 의해 정화되었습니다. 그러니 그런 염려는 없어졌다고 말씀드리는 것입니다.

다음으로, 가문에 관하여 지체 없이 말씀드리겠습니다. 저는 아르고스인으로 아버지는 그대도 잘 아시는, 그리스함대에 승선했던 전사들의 총사령관 아가멤논입니다. 여신님께서 그분과 함께 트로이의 일리온 시를 파괴했습니다. 그런 그분이 고향에 돌아와 명예롭지 못하게 세상을 떠났습니다. 마음이 시커먼 내 어머니가 알록달록한 덫으로 그분을 죽였으니, 그 덫이 욕조에서의 살인을 증언해주고 있습니다. 그래서 추방된 몸으로 살던 저는 고향으로 돌아가 나를 낳아준 여인을 죽이고, 사랑하는 아버지를 죽인 원수를 갚았습니다. 이 일에는 아폴론께서도 공동 책임이 있습니다. 만일 내가 죄진 자들에게 그렇게 하지 않으면 몰이 막대기로 가슴을 찌르는 듯한 고통을 당하리라고 그분께서 예고해 주셨으니까요. 제 행동이 옳았는지 아닌지, 판결은 여신님께서 해주소서. 저는 여신님의 판결을 군말 없이 따르겠습니다.

[아테나]

인간들이 심판할 수 있다고 생각하기에 이 사건은 너무나 중대하노라. 그러므로 극심한 분노를 야기할 이 사건을 심판할 권한은 나에게도 없다. 다만 그대는 관습에 따라 이미 정화되어 무해한 탄원자로 내 집에 왔으니, 내 그대를 받아들이겠노라. 하지만 저들에게도 쉽게 거부할 수 없는 몫이 있다. 그리고 이 사건이 저들의 승리로 끝나지 않는다면, 저들의 상처받은 자존심에서 독액이 뚝뚝 땅에 떨어질 것이고 참을 수 없는 무서운 역병이 이 나라를 덮칠 것이니라. 일이 이러하니, 나로서는 원한을 사지 않고는 그대를 머물게 하기도, 보내기도 어려운 처지니라. 하지만 사건이 이미 나에게 떨어졌으니, 나는 선서하되 결코 불의한 마음으로 선서를 어기지 않을 사건의 재판관들을 뽑을 것이고, 그러한 법규를 영원토록 확립할 것이니라.

(오레스테스와 복수의 여신들에게) 재판에서 그대들을 도와줄 조력자로서 증인과 증거를 모으도록 하시오. 나는 이 사건을 공정하게 심판하기 위해 내 시민들 가운데 가장 훌륭한 자들을 선임하여 돌아올 것이오.

오레스테스는 복수의 여신들의 응징에 아테나 여신의 도움을 받는다. 아테나는 사건을 재판으로 가져가고, 이는 고대 그리스 사회에서 정의를 실현하는 중요한 사건으로 여겨진다. 재판에서 아테나는 오레스테스를 변호하고, 복수의 여신들은 그의 죄를 정당화하기 위한 근거를 제시한다.

아테나 여신이 자리를 뜨자 복수의 여신들은 오레스테스가 무죄를 선고받으면 어떻게 될지 어둡게 예언했다. 복수의 여신들은 그들이 무시된다면 정의 자체가 무시될 것이라고 예언했다. 그들은 단순한 피투성이의 복수자 이상임을 증명했다. 복수의 여신들은 자신들이 세계 균형의 일부라고 말했다. 그들은 다른 사람들에게 심각한 범죄를 저지른 인류의 일부를 단절시키는 힘이었다. 복수의 여신들은 부모와 손님을 존중하고 다른 사람들에게 잘하라는 내용의 노래를 부른다.

[복수의 여신들 노래]

이제 새로운 법규로 말미암아 모든 것이 전복되리라.

저 모친 살해범의 해로운 탄원이 이긴다면,

그렇게 된다면 인간들은 모두 남들이 혐오하는 일을 거리낌없이 해치우게 되리라.

앞으로 부모들은 줄곧 자식들로부터의 모진 고통을 각오해야 하리라.

인간의 모든 행동을 지켜보는 우리 드센 존재들의 분노도

그런 나쁜 짓들을 뒤쫓지 않게 되리라.

나는 온갖 종류의 살인을 풀어놓겠노라.

이웃에 잇단 재앙이 널리 알려지면

사람들은 재앙을 멈출 방도를 찾아 백방으로 헤매리라.

불행을 당한 자는 고통을 덜고자 약을 쓸 것이나 백약이 무효이리라.

앞으로는 누구도 불상사를 당하고 나서 이런 말로 통곡하지 말지어다.

"오오, 정의의 여신이시여! 오오. 왕좌에 계신 복수의 여신들이시여!"

머지않아 어떤 아버지가, 어떤 어머니가
괴로운 나머지 그렇게 비탄하게 되리라.
정의의 여신의 집이 무너질 테니까.
무서운 것이 이로운 곳도 있다네.
그리고 그 마음의 감시자는 그곳에 계속 앉아 있어야 한다네.
고통을 통하여 지혜로워진다는 것은 유익한 일이라네.
도시든 인간이든, 행복의 광휘 속에서 마음속으로
결코 두려움을 느끼지 않는 자가 어찌 정의를 존중하겠는가?

그러니 그대는 주인 없는 생활도, 주인에게 예속된 생활도 찬양하지 마라.

신은 언제나 중용에 우위를 부여하셨노라.
대상에 따라 다스리시는 법은 다를지라도.
내가 하는 말들은 앞뒤가 맞으리라. 오만은 진실로 불경의 자식이로다.
하지만 건강한 마음은 늘 누구나 사랑하고 바라는 복을 잉태한다네.
내 그대에게 특별히 당부하노니, 정의의 여신의 제단을 존중하라.
이익을 노리고 무례한 발길질로 정의의 여신의 제단을 모독하지 마라.
그대는 벌받게 되리니, 정해진 종말이 그대를 기다리고 있음이라네.
그러니 저마다 부모를 공경하고,
집에 손님이 찾아오면 주인으로서 환대의 의무를 다하라!
강요당하지 않고도 정의로운 자는 복 받지 못하는 일이 없을 것이며,
비참하게 파멸하는 일 또한 없으리라.
하지만 단언컨대, 정의에 맞서 대담한 짓을 하고는

불의하게 얻은 막대한 재물을 뒤죽박죽된 채 화물로 실어나르는 자는
언젠가 때가 되면 강요에 못 이겨 돛을 내리리라.
폭풍의 곤경이 그자를 붙들고, 활대들을 부러뜨리면.
소용돌이 한복판에서 아무리 소리쳐도
힘겹게 씨름하는 그에게 귀기울이는 이 아무도 없네.
안하무인인 그 사내 더이상 큰소리치지 못하고,
속수무책으로 무기력하게 물마루 위로 오르지 못하는 것을 보고
신은 그저 웃을 뿐이네,
그자는 지난날의 재물과 함께 정의의 여신의 암초에 걸려 파멸하고 만다네.
울어주는 이 없이, 흔적도 없이!

장면은 다시 바뀌었다. 이번에는 아크로폴리스에서 북서쪽으로 겨우 458야드 떨어진 거대한 돌인 아레오바고스 바위이다. 큰 바위 위에서 아테나 여신은 전령과 저명한 시민 그룹 259명을 이끌고 11명으로 구성된 배심원으로 봉사했다. 전령은 나팔을 불었다. 배심원은 청중 앞에서 자리를 잡았다. 아테나 여신은 복수의 여신과 오레스테스를 반대편에 서게 했다. 아테나 자신은 재판을 조율할 수 있도록 중간에 섰다. 잠시 침묵이 흐른 후, 오레스테스는 그림자투성이의 복수의 여신 무리 맞은편에 홀로 섰다.

[아테나]

전령이여, 그대는 큰소리로 백성들더러 질서를 지키라고 외쳐라! 그대는 귀청이 떨어질 듯 소리가 날카로운 튀르레니아의 나팔이 사람의 숨으로 가득 차 백성들에게 요란한 소리를 들려주게 하라! 이제 여기 이 법정도 다 찼으니, 모든 시민들은 침묵을 지키고 영원한 미래를 위하여 내 법규를 알아두는 것이 좋을 것이니라. 또 그래야만 이들의 사건도 공정하게 심판받게 될 것이니라.

(나팔 소리가 울리자 재판 당사자들은 모두 자기 자리로 간다. 이어서 아폴론이 오케스테스 옆에 나타난다) 아폴론 신이여. 그대의 소임은 그대가 다하시오. 이 사건과 그대가 무슨 상관 있는지 말하시오!

[아폴론]

나는 증인으로 왔을 뿐만 아니라, 이 사람은 법규에 따라 내 탄원자이기에 이 사람을 변호하고자 왔소이다. 이 사람이 어머니를 살해한 것은 내 책임이기도 하니까요. 그대는 사건 심리를 시작하되 최선을 다해 판결하시오!

[아테나]

(복수의 여신들에게) 그대들의 발언으로 재판을 시작하겠소. 고발자가 먼저 발언하여 사건의 전말을 말함으로써 우리에게 사건에 관해 알려주는 것이 옳기 때문이오.

[복수의 여신]

우리는 수는 많지만, 말은 간단히 하겠소. (오레스테스에게) 일문일답으로 순서에 따라 묻는 말에만 대답하도록 하라. 먼저 너는 어머니를 살해했는가?

[오레스테스]

살해했소. 나는 그것을 부인하지 않겠소이다.

[복수의 여신]

그것은 레슬링 경기의 세 판 가운데 첫째 판이었어!

[오레스테스]

내가 아직 진 것도 아닌데, 그렇게 큰소리를 치다니!

[복수의 여신]

어떻게 살해했는지도 말하시오.

[오레스테스]

말하지요. 이 손으로 칼을 빼들고 목을 쳤소이다.

[복수의 여신]

너는 누구의 설득과 조언에 따라 그렇게 하였는가?

오레스테스는 아버지의 복수를 위해 어머니를 살해한 후 죄책감과 심리적 고통에 시달린다. 복수의 여신들은 그를 끊임없이 괴롭히며 그가 저지른 범죄를 상기시키고, 그의 정신을 갉아먹는다. 이는 복수의 결과로서 나타나는 죄책감의 상징이며 인간 존재의 비극적인 측면을 강조한다.

[오레스테스]

이분의 신탁에 따라서요. 이분이 증언하고 계시지 않소!

[복수의 여신]

예언자가 너에게 어머니를 살해하게 시켰단 말인가?

[오레스테스]

그리고 나는 지금까지 내 운명을 원망해 본 적이 없소이다.

[복수의 여신]

하지만 판결이 내려지면 곧 다른 말을 하게 될 걸.

[오레스테스]

나는 믿소. 무덤 속의 내 아버지께서 도움을 보내주실 것이오.

[복수의 여신]

어머니를 살해한 지금 시신에 기대를 걸다니! 걸 테면 걸라지!

[오레스테스]

그녀는 이중의 악행에 오염되어 있었소.

[복수의 여신]

어째서? 그에 관해 재판관에게 알려드리도록 하라.

[오레스테스]

그녀는 남편을 죽였고, 또 내 아버지를 죽였소.

[복수의 여신]

하지만 너는 아직 살아 있고, 그녀는 살해됨으로써 죽음의 몸이 되었다.

[오레스테스]

그렇다면 당신들은 왜 그녀가 살아 있을 때 내쫓지 않았지요?

[복수의 여신]

그녀는 자신이 살해한 남자와 혈족은 아니었으니까.

[오레스테스]

그런데 나는 내 어머니와 혈족이다. 이 말인가요?

[복수의 여신]

더러운 살인자여, 아니라면 어째서 그녀가 너를 자궁에서 길렀겠느냐? 어머니의 더없이 소중한 피마저 부인하는 게냐?

[오레스테스]

(아폴론에게) 이제 신께서 증언해주십시오. 제가 그녀를 살해한 것이 정당한지 신께서 저를 위해 밝혀주십시오. 아폴론이시여! 저는 행위 자체를 부인하려는 것이 아닙니다. 하지만 그 유혈 행위가 신의 마음에 옳다고 생각되는지 아닌지 결정해주십시오. 제가 저분들에게 말씀드릴 수 있도록.

[아폴론]

(배심원들에게) 내가 그대들에게 말하겠노라. 아테나의 법규에 따라 창설된 기관이여, 그의 행위는 정당했노라. 예언자인 내가 어찌 거짓을 말하겠는가. 나는 예언자의 왕좌에서 남자에 관해서도, 여자에 관해서도, 도시에 관해서도 올림포스 신들의 아버지이신 제우스께서 명령하시지 않은 것을 말한 적이 한 번도 없노라. 그대들에게 이르노니, 그대들은 나의 청원이 얼마나 강력한 힘을 가지는지 이해하고 내 아버지 뜻을 따르도록 하라. 선서조차도 제우스보다 강력하지는 않기 때문이니라.

[복수의 여신]

그렇다면 제우스가 그대에게 신탁을 주어 그대가 여기 이 오레스테스에게 아버지의 죽음을 복수하기 위해 어머니의 명예는 무시하라고 권고했단 말인가요?

[아폴론]

제우스께서 내려주신 왕홀에 의해 존경받던 한 고귀한 남자가, 그것도 이를테면 아마조네스족 여인의 멀리 쏘는 활에 의해서가 아니라 한낱 여인의 손에 죽는 것은 전혀 경우가 다르지. 천만에, 아테나 여신이여, 그대는 들으시오. 이 사건을 재판하기 위해 여신 앞에 앉아 있는 자들도 들을지어다. 아가멤논이 대체로 성공을 거두고 원정에서 돌아왔을 때 그녀는 상냥한 말로 맞으며 목욕하기를 청했지. 그런 후 그의 목욕이 끝나갈 즈음 그에게 겉옷을 천막처럼 덮어씌우고는 끝이 없는 교묘한 옷으로 붙들며 그를 쳐죽였노라. 만인의 존경을 받던 함대의 사령관이었던 그는 내가 말한 것처럼 그렇게 죽음의 운명을 맞았노라. 그녀가 그런 여인이라고 말하는 것은, 이 사건을 재판하도록 임명된 자들이 분개하게 하려는 것이니라.

[복수의 여신]

그대의 말대로라면, 제우스는 아버지의 죽음을 더 중시하는데, 그 자신은 연로한 아버지 크로노스를 결박하지 않았던가요? 그대의 말이 이 사실과 모순되지 않는다는 건가요? 그대들도 나중에 이 말을 들었다고 증언해야 할 것이야.

[아폴론]

오, 신들도 싫어하는 몹시 가증스러운 괴물들이여, 그분께서는 족쇄를 푸실 수도 있으며, 감금에는 해결책이 있고, 풀려날 방법은 얼마든지 있소. 하지만 사람이 한번 죽어 먼지가 그의 피를 다 마시고 나면 다시는 소생할 수 없는 법이오. 내 아버지께서는 이를 치유해줄 주문은 만드시지 않았소. 하지만 다른 것들은 무엇이든 숨 한번 헐떡이지 않고도 요리조리 돌리시며 마음대로 처리하실 수 있소이다.

[복수의 여신]

그대는 어떻게 여기 이자를 막아주고 변호해줄 것인지 잘 살펴보시오. 자신의 피와 똑같은 어머니의 피를 땅에 쏟고도 그가 아르고스에 있는 아버지의 집에 살 수 있을까요? 어떤 공공의 제단들에 그는 다가갈 수 있을 것이며, 어떤 부족의 성수가 그를 맞아줄까요?

[아폴론]

그에 대해서도 답변하겠소. 그대는 내 말이 얼마나 옳은지 들어보시오. 이른바 어머니는 제 자식의 생산자가 아니라 새로 뿌려진 태아의 양육자에 불과하오. 수태시키는 자가 진정한 생산자이고, 어머니는 마치 주인이 손님에게 하듯 그의 씨를, 신이 막지 않는 한 지켜주는 것이오. 이러한 주장에 대해 증거를 대겠소이다. 어머니 없이도 아버지가 될 수 있기 때문이오. 여기 이 올림포스 주신의 따님이 우리의 증인이오. 그녀는 자궁의 어둠 속에서 양육되지 않았으니까요. 하지만 일찍이 어떤 여신도 저런 아이는 낳지 못했소이다. 팔라스 아테나 여신이여, 나는 앞으로 내가 할 수 있는 한 그대의 도시와 백성들을 그밖에 다른 점에서도 위대하게 만들 것이오. 그리고 내가 여기 이 사람을 그대의 집 화롯가로 보낸 것은 그가 언제까지나 그대에게 신의를 지켜, 여신이여, 그와 그의 후손들이 그대의 동맹자가 되게 하고, 또 동맹 관계가 영원토록 지속되어 저기 저 사람들의 후손들이 자신들의 맹약에 만족하게 하려는 것이오.

[아테나]

이제 할 말을 충분히 했다면, 이 사람들에게 양심에 따라 정의의 투표석을 가져오라고 할까요?

[복수의 여신]

우리는 이미 화살을 다 쏘아 보냈소. 나는 시비가 어떻게 가려질지 기다리는 중이요.

[아테나]

(아폴론과 오레스테스에게) 그대들은? 어찌해야 내가 그대들의 비난을 면할 수 있겠소?

[아폴론]

(배심원들에게) 들을 말을 다 들었으니, 그대들은 투표석을 가져가되 마음속으로 선서를 두려워하시라, 친구들이여!

[아테나]

아테네의 백성들이여. 그대들은 이제 법규를 들어라. 유혈 사건을 최초로 재판하는 자들이여! 이 배심원 회의는 아이게우스 백성들을 위해 언제까지나 존속할 것이니라. 여기 이 아레스의 언덕은 아마조네스족이 테세우스를 시기하여 출정해서는 기존의 성채에 맞서 높은 성벽을 두른 새로운 성채를 마주 쌓고 아레스에게 제물을 바쳤을 때, 그런 연유로 이 바위산은 아레스의 언덕이라는 이름을 갖게 되었느니라. 그들의 진지이자 거처였는데, 이곳에서 시민들의 외경심과 그것의 친족인 두려움이 불의한 짓을 못 하도록 시민들을 밤낮 제지하게 되리라. 시민들 스스로 더러운 것을 끌어들여 법을 망쳐놓지 않는다면.

맑은 샘물을 진흙으로 더럽힌다면 그대는 마실 물을 찾지 못하게 되리라. 무정부도 아니고, 독재의 노예도 되지 않는 통치 형태를 유지하고 공경하는 마음으로 실천하라고, 그리고 두려운 것을 모두 도시에서 추방하지 말라고 나는 시민들에게 권하노라. 아무것도 두렵지 않다면 사람 중에 누가 언제나 의로울 수 있겠는가? 만약 그대들이 그러한 두려움과 외경심을 올바로 품는다면 스키타이족 사이에서든 펠롭스의 나라에서든 어떤 사람도 갖지 못한 그런 나라의 보루와 도시의 구원을 그대들은 갖게 되리라.

내가 지금 창설하는 이 배심원 회의는 뇌물에 매수되지 않고, 존경심을 불러일으키고, 잠자고 있는 자들을 위해 이 나라의 불침번이 되리라. 내가 이런 말을 길게 늘어놓는 것은 장래를 위해 내 시민들에게 충고하려는 것이니라. 이제 그대들은 일어서서 투표석을 집어들고 가 선서를 두려워하는 마음으로 시비를 가리도록 하라. 내 말은 끝났노라.

배심원들이 한 명씩 제단으로 다가가 항아리에 투표석을 던져 넣는다.

[복수의 여신]

어떤 방법으로든 우리 일행을 모욕하지 말 것을 그대들에게 이르노라. 우리는 그대들의 나라에 위해를 가할 수도 있노라.

[아폴론]

나도 명령하겠노라. 그대들은 나와 제우스의 신탁을 존중하고, 우리 신탁으로부터 열매를 빼앗지 마라.

[복수의 여신]

그대는 자격도 없이 유혈 사건에 개입하는구려. 앞으로 그대는 이미 정결하지 못한 신탁소에 머물며 예언하게 되리라.

[아폴론]

첫 번째 살인에서 익시온을 정화해주었을 때 내 아버지께서 잘못된 결정을 내리셨단 말인가?

[복수의 여신]

그대가 말한 대로요. 재판에서 이기지 못하면 앞으로 나는 이 나라에 위해를 가할 것이오.

[아폴론]

하지만 그대는 젊은 신들 사이에서도, 연로한 신들 사이에서도 존경받지 못하고 있소. 그러니 승리는 내 것이오.

[복수의 여신]

그대는 페레스의 집에서도 그런 짓을 했지요. 그대는 운명의 여신들을 속여 필멸의 인간들을 죽음에서 빼내게 했으니까.

[아폴론]

그렇다면 나를 존중하는 사람을, 특히 도움이 필요할 때 도움을 주는 것이 옳지 않다는 거요?

[복수의 여신]

그대는 술을 먹여 오래된 여신들을 속이고는 예부터 전해오는 정해진 몫을 짓밟아버렸소.

[아폴론]

그대는 곧 이 재판에서 뜻을 이루지 못하고 침을 뱉겠지만, 그것은 그대의 적들에게 더는 위해가 되지 못할 것이오.

[복수의 여신]

젊은 그대가 노파인 나를 짓밟으려 하다니, 하지만 나는 재판 결과를 듣고자 기다리고 있소. 이 도시에 화를 낼 것인지 말 것인지 결정을 유보한 채.

[아테나]

마지막으로 판결 내리는 것은 내 소임이니라. 나는 오레스테스를 위해 이 투표석을 던지노라. 나에게는 나를 낳아준 어머니가 없기 때문이니라. 나는 결혼하는 것 말고는 모든 면에서 진심으로 남자 편이며, 전적으로 아버지 편이니라. 그래서 나는 여인의 죽음을 더 중요시하지 않는 것이니, 그녀가 가장인 남편을 죽였기 때문이니라. 투표가 가부 동수라도 오레스테스가 이긴 것이니라. 배심원 가운데 이 소임을 맡은 이들이 어서 빨리 항아리에서 돌을 쏟도록 하라!

배심원 두 명이 앞으로 나와 항아리에서 투표석을 쏟아 놓고 계표를 시작한다.

[오레스테스]

오, 포이보스 아폴론이시여, 시비가 어떻게 가려질까요?

[복수의 여신]

오, 어두운 밤의 여신이여, 어머니여, 이 일을 보고 계시나이까?

[오레스테스]

나는 이제 목매어 죽든지 아니면 햇빛을 보게 되겠지요.

[복수의 여신]

우리는 소멸하거나 명예를 유지하게 되겠지!

[아폴론]

쏟아진 투표석들을 똑바로 세워주시게, 친구들이여! 시비를 가림에서 불의를 저지르지 않도록 신중을 다해 주시게. 판결을 그르치면 큰 고통이 생겨날 테니까. 단 하나의 투표석이 한 집안을 다시 일으켜 세울 것이니라.

[아테나]

(계표가 끝나자 오레스테스를 가리키며) 여기 이 사람은 살인죄를 벗었노라. 투표석이 가부 동수이기 때문이니라.

[오레스테스]

오오, 팔라스여, 내 집의 구원자시여, 고향 땅을 빼앗긴 나를 여신께서 내 집으로 복귀시켜주었습니다. 헬라스인들 중에는 이렇게 말하는 이들이 더러 있겠지요. "그 사람은 다시 아르고스인이 되어 아버지의 유산을 누리며 아버지 집에 사는구나. 팔라스와 록시아스와 세 번째로 만사를 성취해주시는 구원자 덕분에." 그분께서는 저기 저 어머니의 옹호자들을 보시고 아버지의 죽음을 동정하시어 저를 구해주신 것입니다.

저는 지금 고향으로 돌아가며 이 나라와 그대의 백성들에게 영원한 미래를 위해 맹세합니다. 우리나라의 키를 잡는 어떤 사람도 잘 무장된 군대를 이끌고 이곳으로 쳐들어오는 일은 없을 것이라고. 훗날 내가 무덤에 누워 있다 하더라도 오늘의 제 맹세를 짓밟는 자들이 있으면, 아무도 막을 수 없는 실패로 제가 그들을 응징하겠습니다. 말하자면, 제가 그들의 행군의 기세를 꺾어놓고 그들이 가는 길에 나쁜 조짐을 보여줌으로써 자신들의 노고를 후회하게 만들겠습니다. 하지만 그들이 맹세를 지켜 팔라스의 이 도시를 언제까지나 동맹의 창으로 존중한다면 저는 그들에게 더욱더 호의를 갖게 될 것입니다.

안녕히 계십시오. 그대도 그리고 도시를 수호하는 백성들도! 그들이 그대에게는 적들이 피할 수 없는 씨름 기술이 되어 전투에서 그대에게 구원과 승리를 가져다주기를!

(오레스테스, 아폴론과 함께 퇴장)

[아테나]

자, 내 말에 따르시오. 그대들은 그렇게 한숨짓지 말고 참으시오. 그대들은 진 것이 아니오. 판결은 가부 동수였고 그것은 진실로 그대들에게 치욕이 아니오. 그렇게 된 것은 사실 제우스 자신으로부터 명백한 증거가 주어졌고, 또 그런 행위에도 오레스테스는 해를 입지 않으리라고 명령했던 그분이 몸소 증언했기 때문이오. 그런데도 그대들은 이 나라에

심한 원한을 내뱉을 작정이오? 잘 생각해 보시오. 그대들은 더이상 화내지 말고, 날카로운 이빨로 씨앗들을 사정없이 먹어치우는 끔찍한 방울들을 내보내어 이 나라를 불모의 땅으로 만들지 마시오. 내 그대들에게 엄숙히 약속하노니, 그대들은 이 정의로운 곳에 지하의 은신처를 얻어 그대들의 제단 옆 반짝이는 왕좌에 앉아 이곳 이 시민들로부터 존경받게 될 것이오.

[복수의 여신]

아, 젊은 세대의 신들이여. 그대들은 옛 법을 짓밟으며 내 손에서 명예를 빼앗아가는구려. 가련한 나는 모욕당하여 깊은 원한을 품고 여기 이 나라에 독을… 아, 복수의 독을 나의 심장에서 내뱉노라. 대지를 불모로 만드는 이 방울들로부터 잎사귀도 열매도 모조리 없애버리는 이끼가 생겨나, 오오! 정의의 여신이여, 들판을 휩쓸며 사람을 죽이는 오염을 이 나라에 퍼뜨리게 되리라. 한숨이 나오는구나. 이제 어떻게 해야 하나? 시민들의 조롱거리가 되었으니. 이 견딜 수 없는 고통! 아, 모욕당하여 고통받는 밤의 여신의 딸들에게 큰 재앙이 닥쳤구나!

[아테나]

여신들이여, 그대들은 모욕당한 것이 아니니 지나치게 화를 내며 인간들의 나라를 소란스럽게 만들지 마시오. 내 뒤에도 제우스가 계시오. 무슨 말이 더 필요하겠소? 벼락이 봉인된 방의 열쇠를 아는 건 신들 가운데 나 혼자뿐이오. 하지만 그것은 필요 없소. 그대는 내 말에 따라 열매 맺는 모든 것을 망쳐 놓기 위해 허튼 입으로 이 땅에 저주의 말을 내뱉지 마시오. 자, 격렬한 분노의 검은 물결을 진정시키시오. 그대는 이미 크게 존경받으며 나와 동거하고 있으니까요. 그대는 이 강력한 나라로부터 출산과 성혼에 앞서 만물의 제물을 받으면 언제까지나 내 제안에 감사하게 될 것이오.

[복수의 여신]

이 땅에 살기에도 쑥스러운 수치감. 옛 법과 지혜의 몸에 지닌 우리가… 독기가 쏟아지고 분노의 불길이 이 몸을 태운다. 슬픔이여! 슬픔이여! 고통이 온몸을 쑤신다. 들어주시오. 밤의 어머니시여, 우리의 고통을. 예부터 우리의 명예를 신들이 흙덩이 속에 내던졌습니다. 그 간사한 흉계로… 아, 이 슬픔이시여!

[아테나]

내 그대의 노여움을 용서하겠소. 그대는 나보다 더 연로하고, 여러모로 더 지혜롭기 때문이오. 하지만 제우스께서는 내게도 적잖은 지혜를 주셨소. 그대들이 다른 부족의 나라로 떠난다면, 엄숙히 단언하건대, 이 나라를 그대들은 그리워하게 될 것이오. 다가올 미래는 이곳 시민들의 명예를 더욱더 높여줄 것이기 때문이오. 그리고 그대는 에렉테우스의 집 근처에 명예로운 처소를 갖게 되면, 남자들과 여인들의 행렬로부터, 다른 인간들로부터는 결코 주어질 수 없는 것을 얻게 될 것이오. 그러니 그대는 내 이 나라에 젊은이들의 마음을 망쳐 놓는 유혈을 위한 숫돌들을 던져 그들이 술도 마시지 않고 미쳐 날뛰는 일이 없게 해주시고, 그들의 마음을 싸움닭처럼 부추겨 내 시민들 사이에 동족끼리 서로 싸우게 만드는 전쟁의 신이 자리 잡지 못하게 해주시오.

전쟁은 성문 밖에 머물지어다. 그곳에서는 무서운 명예욕을 가진 자를 위한 전쟁이 자주 일어나니까. 수탉이 제집에서 싸우는 것을 나는 높이 평가하지 않아요. 이런 것들을 내가 제안하니, 선택은 그대의 자유요. 그것은 곧 좋은 일을 하여 좋은 대접을 받고 높은 명예를 누리며 신들이 가장 사랑하시는 이 나라에 그대도 참여하는 것이오.

[복수의 여신]

나더러 그 제안을 받아들이라고 하다니! 아! 연로하고 지혜로운 나더러 지하에 살라고 하다니! 모욕적이고 가증스러운 일이로다. 아! 내가 내몰아 쉬는 것은 모두 분노와 원한이로다. 아이고! 무엇이, 이 무슨 고통이 기어서 들어와 내 옆구리를 들쑤시는 것인가? 내 분노를 들어주소서. 어머니 밤이여! 저항할 수 없는 신들의 속임수가 내 오래된 명예를 빼앗아 가 이제 나는 빈털터리가 되었나이다!

[아테나]

나는 싫증 내지 않고 그대에게 유익한 것들을 권하겠소. 연로한 여신인 그대가 젊은 여신인 나에게 그리고 도시를 수호하는 백성들에게 모욕당하고 이 나라에서 쫓겨났다고 말하지 않도록. 만약 그대에게 설득의 여신 페이토에 대한 경의가 신성한 것이고, 내 말이 그대를 부드럽게 어루만질 수 있다면, 그대는 이곳에 머물게 될 것이오. 하지만 머물고 싶지 않다면, 그대가 이 도시에 어떤 분노나 원한을 품거나 백성들에게 피해를 안겨주는 것은 옳지 못한 짓이오. 영원토록 정당한 명예를 누리며 이 나라의 공동 소유자가 되는 것은 그대의 자유니까요.

[복수의 여신]

지혜로운 아테나 여신이여, 그대가 내게 어떤 처소를 주시겠다는 거요?

[아테나]

온갖 고통에서 자유로운 곳이오. 그곳을 받아들이도록 하시오.

[복수의 여신]

그곳을 받아들이면 어떤 명예가 나를 기다리고 있나요?

[아테나]

어떤 집도 그대의 도움 없이는 번성하지 못한다는 뜻이오.

[복수의 여신]

정말로 그토록 큰 힘을 갖게 해주시겠단 말이오?

[아테나]

나는 그대를 공경하는 자의 행운을 일으켜 세울 것이오.

[복수의 여신]

그대는 영원히 그것을 보증해주시겠소?

[아테나]

나는 이행할 뜻이 없는 약속은 하지 않아요.

[복수의 여신]

그대 덕분에 내 마음이 가라앉는 것 같으니 원한을 풀겠소.

[아테나]

이곳에 머물면 그대는 새로운 친구들을 얻을 것이오.

[복수의 여신]

말해주시오. 이 나라를 위해 나는 어떤 축복을 노래할까요?

[아테나]

나쁘지 않은 승리에 걸맞은 것들을, 그리고 대지와 바닷물과 하늘로부터 바람의 입김이 일어 찬란한 햇빛 속에서 숨쉬며 이 나라로 들어오게 해주시오. 그리하여 대지와 가축 떼의 풍성한 결실이 세월이 흘러도 지치는 일 없이 시민들을 번성하게 하고, 인간들의 종자가 구원받게 해주시오. 하지만 불경한 자들은 그만큼 더 단호히 뿌리 뽑아주시오. 나는 훌륭한 정원사처럼 이 정의로운 자들이 속한 종족이고 통달하여 번창하기

에리니에스는 복수를 상징하는 여신들로, 가족 간의 살인, 배신, 불법적인 행동에 대한 응징을 담당한다. 그들은 범죄자에게 고통을 주고 죄를 잊지 않도록 하여 정의를 강요한다. 오레스테스는 어머니를 죽인 후 에리니에스의 표적이 되어 괴롭힘을 받는다.

를 바라기 때문이오. 이 모든 것이 그대가 줄 수 있는 것이오. 하지만 영광스러운 전쟁 경기에서 이 도시가 승리의 도시로서 사람들 사이에서 존경받지 못하는 일은 절대로 용납하지 않을 것이오.

[복수의 여신]

나는 팔라스와의 동거를 받아들일 것이며, 결코 이 도시를 모욕하지 않으리라. 전능한 제우스와 아레스도 신들의 성채로 존중하는 이 도시는 헬라스 신들의 제단을 지켜주는 자랑거리가 아니든가! 이 도시를 위해 기도하며 호의에서 예언하노라. 찬란한 햇빛이 삶에 유익한 축복을 대지에 넘치도록 솟아오르게 할 것이라고.

[아테나]

이 일을 나는 시민에 대한 호의에서 해냈노라. 위대하지만 달래기 힘든 여신들을 이곳에 살게 했노라. 여신들에게는 인간의 모든 영역을 관장할 자격이 있노라. 여신들의 적의를 겪어보지 않은 자는 자신의 인생에 대한 타격이 어디서 오는지 알지 못하느니라. 선조로부터 물려받은 과오가 그를 여신들의 수중으로 끌고 가기 때문이니라. 여신들의 노여움 때문에 큰소리치던 그를 파멸이 소리 없이 으스러뜨리노라.

[복수의 여신]

나무를 꺾는 폭풍은 불지 마라. 이것이 내가 이 나라에 주는 선물이로다. 식물의 눈을 빼앗는 작열하는 더위도 나라의 경계를 넘어오지 말 것이며, 열매를 못 맺게 하는 무서운 병도 몰래 들어오지 마라! 숲의 판 신은 양 떼가 번성하게 해주시고, 암양들은 때가 되면 쌍둥이 새끼들을 낳을지어다. 후손들은 언제나 지하에서 부를 얻고, 신들이 허락한 횡재에 제물로 보답하기를!

[아테나]

도시의 수호자들이여. 그녀가 그대들에게 주겠다는 것들을 들었는가? 복수의 여신은 불사신들 사이에서도 지하의 사자들 사이에서도 큰 힘을 갖고 있으며, 인간사에서도 분명 단호하게 소임을 다하노라. 어떤 자들에게는 환희의 노래를 마련해주고, 어떤 자들에게는 슬픔의 눈물에 시력이 약해지는 인생을 마련해주며!

[복수의 여신]

때가 되기도 전에 사람을 죽게 하는 불상사를 추방할 것이니라. 사랑스러운 처녀들이 죽지 않고 살아서 남편을 만나게 해주시오. 그럴 권능을 가진 운명의 여신들이여! 우리와 한 어머니에게서 태어난 자매들이여, 공정하게 분배하는 여신들이여, 모든 가정과 함께하고, 언제나 정당한 처벌에 힘을 실어주는 신 가운데 가장 존경받는 이들이여!

[아테나]

이 모든 것을 여신들이 호의로 이 나라에 베풀다니 기쁘기 그지없노라. 페이토의 눈길이 그토록 거칠게 거절하던 여신들을 향하여 내 혀와 입을 인도해주어 나는 행복하도다. 하지만 역시 승리자는 회담의 신이신 제우스시니라. 선을 위한 우리의 노력은 언제나 승리하리로다.

[복수의 여신]

재앙에 물리지 않는 당파 싸움이 이 도시에서 미쳐 날뛰는 일이 없기를! 이 도시의 흙먼지가 시민들의 검은 피를 마시고는 복수심에 불타 보복 살인에 의한 재앙을 반기는 일이 없기를! 시민들은 선을 선으로 갚고, 우정에서 결연히 뭉치되 증오에서 한마음 한뜻이 되기를! 그러면 인간들의 많은 불행이 치유되니까.

[아테나]

지혜로운 이들에게는 좋은 말 한마디가 길을 가르쳐줄 수 있는 법. 무섭기만 하던 여신들의 얼굴에서 이곳 시민들에게 큰 이익이 생기는 것이 보이는구나. 호의적인 여신들에게 그대들이 호의에서 변함없이 큰 경의를 표한다면 그대들은 나라와 도시를 바른길로 이끌며 모든 면에서 영광을 누리리라!

[복수의 여신]

편안하시라. 그대들 몫으로 주어진 부속에서! 편안하시라. 그대들 도시의 백성들이여, 제우스 옆에 거주하는 자들이여! 여기 사랑스러운 처녀의 가호로 지혜로운 마음을 갖고 안녕히 살도록. 그대들의 존경하는 여신의 날개 밑에서 영원히 안정을 누릴지어다.

[아테나]

(그사이 모여든 축제 행렬의 선두에 서서, 복수의 여신들에게) 그대들도 편안하시오! 그대들에게 방들을 보여주기 위해 수행원들의 신성한 불빛을 받으며 나는 이제 앞장서서 걸어야겠소. 그대들은 가서 이 엄숙한 피의 제물과 함께 지하로 내려가시오. 그리고 이 나라에 재앙을 가져다주는 것은 아래에 붙들어놓고, 유익한 것은 올려보내 이 도시가 승리하게 하시오! (수행원들에게) 도시를 수호하는 크라나오스의 자손들이여, 그대들은 이들 재류 외인들을 수행하도록 하라! 그리고 시민들은 받은 호의에 화답하여 여신들에게 호의를 품기를!

[복수의 여신]

내 다시 한번 되풀이하노라. 편안하고 또 편안하시라, 이 도시 안의 모든 신들과 인간들이여! 팔라스의 도시에 거주하는 그대들이 재류 외인인 나를 존중하면 결코 그대들 인생의 운명을 한탄하게 되지 않으리라.

내 어찌 그대 축복의 말에 감사하지 않으리오.

[아테나]

활활 타오르는 횃불 빛 속에서 내 그대들을 저 아래 지하 세계에 있는 이들에게로 격식에 맞게 호송할 것이오. 내 신상을 지키는 여사제들과 더불어. 자, 오라. 테세우스 나라의 눈이여, 소녀들과 여인들의 이름난 무리여, 노모들의 행렬이여, 자줏빛 옷을 차려입고서 그대들은 여기 이분들을 공경하라! 횃불 빛은 앞으로 나아갈지어다. 그대들과 함께하

재판 결과 오레스테스는 무죄이고 복수의 여신들은 평화와 번영의 여신으로 변화한다. 이 과정은 복수의 악순환을 끝내고 새로운 질서를 세우는 상징적인 사건으로 해석된다. 복수의 여신들은 인간 사회에서 정의와 조화를 이루는 역할로 전환된다. 이 이야기는 그리스 비극의 본질을 잘 보여주며, 인간 존재의 복잡성과 도덕적 선택의 어려움을 탐구하는 데 큰 영향을 미친다.

는 이분들이 나라에 호의를 품고서 앞날에 축복을 가져다주어 남자들이 번창하도록!

[수행원들의 노래]

나아가소서, 강력한 분들이시여, 축제의 가락에 맞춰!
밤의 여신의 자식 없는 자식들이여. 즐거운 호송을 받으며,
동포들이여, 경건한 침묵을 지키시오!
그대들은 지하에 있는 태고의 은신처에서
명예와 제물로 진심으로 공경 받는 행운을 누리시기를!
모든 백성은 경건한 침묵을 지키시오!
이 나라와 한마음 한뜻이 되어, 자비롭게 이 길로 가소서.
존엄하신 여신들이시여. 불이 그 나무를 먹어치우는 횃불을 즐기시며!
모두 환성을 올려 우리 노래의 대미를 장식하시오!

이제 팔라스의 시민들과 그들의 재류 외인들 사이에 영원한 맹약이 맺어졌도다.

만물을 굽어보시는 제우스께서 그렇게 하셨고, 운명의 여신이 이에 동의했도다.

모두 환성을 올려 우리 노래의 대미를 장식하시오!

(아테나를 앞세우고 전원 행렬을 지어 퇴장)

●●
에필로그

저주받은 탄탈로스 가문의 끝없는 비극

탄탈로스의 저주는 그가 신들을 배신함으로써 시작되었다. 아들 펠롭스는 아버지의 그림자를 벗어나기 위해 노력했으나, 자신의 욕망과 부풀어 오른 야망 때문에 또 다른 비극을 초래했다. 펠롭스의 비극적인 선택은 후손들에게 이어지는 고통의 서사를 시작했으며, 이는 아트레우스와 티에스테스의 비극으로 발전하였다.

아트레우스와 티에스테스는 형제의 의리를 저버리고 서로를 속이며 가문의 저주를 더욱 심화시켰다. 아트레우스는 왕좌를 차지하기 위해 형제의 아들들을 잔인하게 희생시키고, 티에스테스는 복수의 불길에 휩싸여 자신의 형제를 쫓아내려 한다. 배신과 복수의 악순환은 아트레우스가 티에스테스를 처치하는 결말을 맺으며, 저주는 다음 세대로 이어진다.

오레스테스는 아가멤논과 클리타임네스트라의 아들로 태어나, 자신의 가족이 저주받은 운명에서 벗어나고자 했으나, 이미 그 저주에 깊이 얽혀 있었다. 아가멤논의 귀환은 겉보기에는 영광스러웠지만 그 뒤에 숨겨진 비극의 서사는 끔찍했다. 아가멤논의 집으로 돌아온 그는 아내 클리타임네스트라가 준비한 음모를 알지 못한 채 그녀의 손에 죽음을 맞이한다. 클리타임네스트라의 복수는 개인적 원한을 넘어 가문의 저주가 만들어낸 필연적인 결과였다.

오레스테스는 아버지를 잃은 슬픔과 함께 복수의 결단을 내린다. 어머니 클리타임네스트라를 죽이기로 결심하며, 그 길을 선택하는 순간 저주가 다시금 그의 운명을 감싼다. 복수는 그에게는 명예로운 일로 여겨졌지만 동시에 그의 영혼에 깊은 상처를 남긴다. 오레스테스는 클리타임네스트라의 죽음을 통해 저주를 끝내고자 했으나 그를 더욱더 괴롭히는 죄책감으로 이어진다.

그의 마음에서 끊임없이 돌아오는 질문은 “이 모든 것이 나의 선택으로 비롯된 것인가?”였다. 그는 아버지를 복수하기 위해 어머니를 죽인 후 꿈속에서 그녀의 유령을 본다. 클리타임네스트라의 원혼은 그를 끊임없이 쫓아다니며, 그는 고통 속에서 자신의 정체성과 가문의 저주에 대한 진실을 마주한다. 복수의 대가로 얻은 것은 무엇이었을까? 아버지의 복수라는 목적은 그를 더욱 고통스럽게 만드는 아이러니로 남는다.

오레스테스는 신들로부터 심판받게 된다. 그는 복수를 위해 선택한 길이 영혼을 어떻게 짓눌렀는지를 통감하며, 그 저주가 단순한 운명이 아닌 자신의 선택이 만들어낸 비극임을 깨닫는다. 그는 인간의 본성이란 무엇인가에 대해 깊은 고민에 빠지며 자신의 운명이 저주받은 핏속에 새겨졌다는 사실을 부정할 수 없게 된다.

오레스테스의 이야기는 저주가 어떤 식으로 인간의 삶을 지배하는지를 여실히 드러내며 각 세대가 이어온 비극의 연대기를 펼쳐낸다. 오레스테스는 결국 신들에게 심판받고 자신의 죄를 씻기 위해 고군분투한다. 그는 복수라는 고통의 사슬에서 벗어나고자 하지만 저주받은 가문의 후손으로서 피할 수 없는 운명에 갇혀 있다.

가문의 저주는 단지 개인의 비극으로 그치지 않고 인류의 고통과 절망을 드러내는 상징이 된다. 오레스테스는 이러한 운명에 맞서 싸우려 하지만 결국 자신의 존재가 저주받은 운명 속에 있다는 사실을 인지한다. 그는 선택의 결과가 어떻게 후손들에게까지 이어지는지를 깨닫고 그 선택은 자신이 감당해야 할 고통의 연대임을 받아들인다.

저주는 탄탈로스, 펠롭스, 아트레우스, 티에스테스 그리고 오레스테스로 이어지며, 가족의 비극은 역사 속 단순한 이야기가 아닌 인간 존재의 본질을 탐구하는 중요한 서사로 자리 잡는다. 고통과 슬픔 그리고 선택의 결과는 끊임없이 이어지며, 이는 결국 인간이 마주해야 할 질문으로 남는다. 저주는 끝나지 않고 인류는 여전히 그 길을 걸어가고 있다.

탄탈로스 가문의 저주는 그리스 신화에서 인류의 고통과 선택의 아이러니를 상징하는 대표적인 이야기로 남는다. 이 저주는 인간의 욕망과 그로 말미암은 비극 그리고 고통의 연대기를 성찰하게 만들며, 과거의 저주가 오늘날에도 여전히 민멸하지 않음을 상기시킨다. 저주받은 탄탈로스 가문의 이야기는 그렇게 끝나지 않고, 인간 존재의 고통 속에 새겨진 채, 오랫동안 남아 있을 것이다.

아가멤논 가문의 저주

초판 1쇄 인쇄 2024년 11월 25일
초판 1쇄 발행 2024년 11월 29일

—

지은이 루키우스 안나이우스 세네카·아이스킬로스
편 역 김성진
펴낸이 김호석
편집부 이면희
마케팅 오중환
경영관리 박미경
영업관리 김경혜

—

펴낸곳 도서출판 린
주소 경기도 고양시 일산동구 무궁화로 20-18 하임빌로데오빌딩 502호
전화 02-305-0210
팩스 031-905-0221
전자우편 dga1023@hanmail.net
홈페이지 www.bookdaega.com

—

ISBN 979-11-92575-20-9 03980